Friedrich Lienhard

Wieland der Schmied

Salzwasser

Friedrich Lienhard

Wieland der Schmied

1. Auflage | ISBN: 978-3-84609-880-6

Erscheinungsort: Paderborn, Deutschland

Erscheinungsjahr: 2014

Salzwasser Verlag GmbH, Paderborn.

Nachdruck des Originals von 1920.

Friedrich Lienhard

Wieland der Schmied

Salzwasser

Wieland der Schmied

Dramatische Dichtung von

Friedrich Lienhard

Mit einer Einleitung über Bergtheater
und Wielandsage

Sechste Auflage

Stuttgart 1920
Druck und Verlag von Greiner und Pfeiffer

Einleitung

1. Persönliches

Die Ursprünge künstlerischen Schaffens liegen auch für den Schaffenden in Dunkel gehüllt. Diese Gestalten, die da zu uns kommen in so seltsamen Gewändern, tauchen empor aus unbekannten Tiefen, sehen uns an, und sprechen zu uns und sprechen untereinander — und ziehen wieder davon. Sie sind wie ein Schauer durch uns hindurchgezogen, erschreckend und entzückend. Unsere persönliche Kraft besteht darin, daß wir diese Besucher in Ordnung vorüberziehen lassen.

Bei keinem früheren Werke ist mir diese visionäre Entstehungsweise so deutlich bewußt geworden wie bei „Wieland der Schmied".

In einer späten Winternacht ging ich in meinem Arbeitszimmer noch einmal zwischen all dem Papier träumend auf und ab. Auf einigen Büchern lag die Edda-Übersetzung von Hugo Gering. Ich schlug sie aufs Geratewohl auf, wie ich wohl jedes andere Buch aufgeschlagen hätte — und traf das Lied von Wölund. Sofort packte mich der Stoff, und ich las stehend die mir natürlich längst bekannte Erzählung, halb Mythe, halb Sage, mit wachsendem Staunen zu Ende. Welch eine Künstlertragödie! Und welch ein Künstlersieg! Aus dem Schmerz schmiedet dieser Künstler goldne Schwingen!

Einige Wochen oder Monate trug ich das mit mir herum. Ich verband es innerlich mit meinen damaligen Arbeiten (Schillers Heldenleben) und eigenen seelischen Erlebnissen. Und an irgend einem Wintertage, in den ersten Monaten des Jahres (1905), als der Organismus besonders geladen war, griff ich zum Stift und schrieb ohne Stocken die ersten Szenen, schrieb so lange, bis die Hand schmerzte. Ich glaube, ich hätte das Ganze in einem Zuge niederschreiben können; der Geist hätte es vermocht, wenn nicht das Werkzeug, der Körper, eine Pause verlangt hätte. In drei oder vier Tagen war die erste Niederschrift fertig. So energisch war die intuitive Rede geflossen und hatten die Gestalten gesprochen, daß mir z. B., selbst als die Kinder schon in der Truhe standen, noch nicht bewußt war, daß der Knabe nun eine Feder finden würde. Mit Wieland war ich selber erstaunt und erschüttert über den dadurch bedingten Umschwung. Ich habe kein feineres und reineres Glück auf dieser Erde kennen gelernt, als dieses mitlebende künstlerische Schaffen. Wir atmen in einer anderen Welt.

So ist dieser durch Schmerz geläuterte Künstler und Waldschmied Wieland entstanden. Natürlich haben sich der ersten Niederschrift noch manche stilistische Durcharbeitungen und gedankliche Erwägungen angeschlossen. Aber entlaufen konnten die Gestalten nicht mehr. Und so wie die Dichtung entstanden ist, in der Liebe des Miterlebens, möge sie auch von Unbefangenen aufgenommen werden!

2. Die Wielandsage

Es wird das Zweckmäßigste sein, hier einfach die Wielandsage der Edda in Hugo Gerings guter Übersetzung (Leipzig, Bibliographisches Institut) mitzuteilen. Ich habe seine Namen beibehalten, mit Ausnahme der gar zu nordischen Hladgud, die ich dafür Herwor nannte, was eigentlich der zweite und eigentliche Name der Allwiß ist. [Hans von Wolzogen hat in seiner bekannten Edda-Übersetzung (Reclam) die Verdeutschung der Namen vorgezogen. Wann wird hier eine endgültige Ordnung getroffen werden?] Der Beurteiler hat damit meine ganze Vorlage in der Hand und kann bequem mit der dramatischen Gestaltung vergleichen.

— V —

Das Lied von Wölund

Nidhod[1]) hieß ein König in Schweden; der hatte zwei Söhne und eine Tochter, die Bodwilt[2]) genannt war. Zu derselben Zeit lebten drei Brüder, Söhne eines Finnenkönigs; der älteste hieß Slagfid, der zweite Egil, der dritte Wölund[3]); sie pflegten auf Schneeschuhen zu laufen und wilde Tiere zu jagen. Einstmals kamen sie nach Ulfdalir und errichteten sich dort ein Haus; dicht dabei ist ein Gewässer, das Ulfsjar heißt. Eines Morgens früh trafen sie am Ufer des Sees drei Frauen, die Flachs spannen; in der Nähe lagen ihre Schwanenhemden, denn sie waren Walküren. Zwei von ihnen waren Töchter des Königs Hlodwer[4]): Hladgud[5]), die schwanenweiße, und Herwor[6]), die in jedem Wissen erfahrene; die dritte aber war Olrun[7]), Kjars Tochter, aus Walland[8]). Sie nahmen die Frauen mit sich in ihre Wohnung[9]). Egil nahm die Olrun zum Weibe, Slagfid die Hladgud und Wölund die Herwor. Sieben Winter hielten die Frauen aus, dann flogen sie fort, um zu sehen, ob es nicht irgendwo Krieg gebe, und kamen nimmer wieder. Da machte sich Egil auf seinen Schneeschuhen auf, die Olrun zu suchen; Slagfid ging und suchte die Hladgud; Wölund aber blieb in Ulfdalir zurück. Er war der geschickteste von allen Männern, von denen die alten Sagen zu berichten wissen. König Nidhod ließ ihn gefangennehmen, wie das hier im Liede erzählt wird:

---

1) Nidhod, „der feindselig Hassende", wird hier ein König in Schweden, Str. 7, 14 und 30 ein Herrscher der Njaren genannt, was man auf die Bewohner der schwedischen Landschaft Nerike gedeutet hat. Die Sage, welche niederdeutschen Ursprungs ist, ist also im Norden lokalisiert.

2) Bodwild bedeutet „die kriegerische Jungfrau".

3) Den Egil kennt auch die Tidrekssaga als Bruder des Wölund, Slagfid wird sonst nirgends erwähnt. Der Name Wölund ist die nordische Umformung von niederd. Weland (hochd. Wieland); seine Bedeutung ist unsicher. — Daß die drei Brüder Söhne eines Finnenkönigs genannt werden, ist natürlich nordische Zutat (und zwar eine Zutat des Sammlers der Gedichte, da im Liede selbst Wölund ein Elbe genannt wird): den Finnen (d. h. Lappen) schrieb man im Norden allgemein die Kunde der Zauberei zu, daher wurde auch der berühmte Schmied, dessen Geschicklichkeit eine zauberische erschien, nebst seinen Brüdern zu Lappen gemacht.

4) Hlodwer, die nordische Umformung des deutschen Namens Ludwig. Die Namen Hlodwer und Kjar (Z. 11) begegnen auch in den Liedern, die die Niflungensage behandeln (Gudr. II. 26; Atlakv. 7).

5) Hladgud, „die bandgeschmückte Kriegerin".

6) Herwor, „die Schützerin des Heeres".

7) Olrun, „die der Bierrunen Kundige" (vgl. Sigrdr 7, 19).

8) Wallgud, ein mythischer Name („Land der Schlachtfelder").

9) Die drei Walküren hatten ihre Schwanenhemden abgeworfen; diese nahmen die drei Brüder fort und bekamen so die Mädchen in ihre Gewalt.

1. Mädchen flogen von Süden durch Myrkwid[1]) hindurch,
behelmte Jungfraun, ihr Handwerk zu üben;
sie setzten zur Ruhe am Seestrand sich nieder,
weißes Linnen spannen[2]) die Weiber des Südens.[3])

2. Eine begann den Egil zu hegen,
die liebliche Maid, am leuchtenden Busen;
schneeweiß war die zweite im Schwanengefieder;
die dritte endlich, deren Schwester,
umwand Wölunds weißen Nacken.

3. Sie saßen daheim sieben der Winter,
doch im achten schon war die Unruhe groß,
im neunten konnte sie nichts mehr halten:
die Frauen trieb es zum finstern Walde,
die behelmten Maide, ihr Handwerk zu üben.

4. Vom Weidwerk kam der wettersicht'ge
Wölund, der Schütze, sein Weg war lang;
die Säle leer fanden Slagfid und Egil,
gingen aus und ein, um sich schauend.

5. Nach Osten schritt Egil, die Olrun zu suchen,
Slagfid suchte im Süden die Hladgud,
während Wölund einsam im Wolfstal saß
. . . .

6. In Gold faßt' er glänzende Steine
und reihte am Bast die Ringe auf;
so harrt' er seines hellgelockten
Weibes und hoffte, daß sie wiederkäme.

---

[1]) Myrkwid, „der dunkle Forst", eine in den eddischen Liedern typische Bezeichnung ausgedehnter Wälder; s. zu Lokas. 42.

[2]) Sie spannen, d. h. sie wirkten das Schicksalsgewebe; vgl. Helgakv. Hund. I, 3. Bei derselben Beschäftigung trifft die Walküren auch Dorrud in der Njálssaga (Kap. 157).

[3]) Die Weiber des Südens: in dieser Bezeichnung scheint sich eine Erinnerung daran erhalten zu haben, daß der Kultus Odins und der Walküren zuerst bei den Südgermanen ausgebildet war und von hier nach dem Norden vordrang. Vgl. Helgakv. Hund. I, 17.

7. Das hörte Nidhod, der Njaren Herrscher,
daß Wölund einsam im Wolfstal saß.

8. In Schuppenpanzern ritten durch schweigende Nacht die Krieger,
es schimmerten ihre Schilde im Schein der Mondessichel;
an des Saales Giebel saßen sie ab
und schritten hinein in des Schützen Halle.

9. Die Ringe sahn sie gereiht am Baste,
der Hunderte sieben, die der Held besaß;
sie zerrten sie ab, sie zogen sie auf,
nur ein einziger Ring blieb abgezogen[1]).

10. Vom Weidwerk kam der wettersicht'ge
Wölund, der Schütze, sein Weg war lang;
Bärenfleisch ging er zu braten am Feuer;
bald flackerte lustig die Flamme im Reisig,
das der Wind getrocknet, auf Wölunds Herd.

11. Auf dem Bärenfell ruht' er, die blanken Ringe
zählte der Elbenfürst[2]), einen vermißt' er;
er hofft', es hätt' ihn Hlodwers Tochter,
die holde Alwitr[3]) wär' heimgekehrt.

12. Er saß lange, dann sank er in Schlummer,
doch bracht' das Erwachen ihm bitteres Weh:
an den Händen spürt' er harte Bande,
an die Füße war ihm die Fessel gespannt.

Wölund

13. Wer sind die Recken, die in Riemen mich schnürten
und mit Bändern von Bast gebunden haben?

---

[1]) Um ihre Anwesenheit nicht zu verraten, stecken die Krieger die Ringe auf den Bast zurück; nur einen (der sich durch besondere Schönheit auszeichnete?) behalten sie gleich. Diesen Ring gibt nachher Nidhod seiner Tochter Bodwild (Prosa nach Str. 16).

[2]) Der Elbenfürst: Wölund und seine Brüder gehörten also dem Elbengeschlecht an, das sich wie die Zwerge durch besondere Kunstfertigkeit auszeichnet.

[3]) Der Beiname der Herwor („die in jedem Wissen Erfahrene") ist hier als Eigenname gebraucht.

14. Nidhod[1]) rief nun, der Njaren Herrscher:
„Wie erwarbst du, Wölund, im Wolfstale
unsere Schätze, du Elbenfürst?
Das Gold nicht fandest du auf Granis Wege[2]),
und fern ist mein Land den Felsen des Rheins.“

Wölund

15. „Ich besaß noch mehr seltene Schätze,
als ich glücklich daheim bei der Gattin saß;
[3]) Hladgud und Herwor waren Hlodwers Kinder,
bekannt ist auch Olrun, des Kjar Tochter.“

16. [4]) Die kluge Gattin des Königs stand draußen,
nun trat sie zur hohen Halle hinein;
sie stand auf dem Estrich, die Stimme dämpfend:
„Nicht heiter sieht aus, der vom Holze kommt[5]).“

König Nidhod gab seiner Tochter Bodwild den goldenen Ring, den er in Wölunds Hause vom Baste genommen hatte; er selbst aber trug das Schwert, das einst Wölund besessen. Da sprach die Königin:

17. „Ihm glänzen die Augen wie der gleißenden Schlange,
die Zähne fletscht er, zeigt man das Schwert ihm
und den blitzenden Ring an Bodwils Arme;
an den Füßen schneidet die Flechsen ihm durch
und sitzen laßt ihn in Säwarstad“[6]).

---

[1]) Nidhod war also selbst mit seinen Kriegern ausgezogen, um den Wölund zu überfallen.

[2]) Granis Weg. Grani ist das Roß Sigurds, auf dem er zu dem Lager Fafnirs ritt, wo der Niflungenhort ruhte. Nidhod meint, Wölund habe weder einen schatzhütenden Drachen erschlagen noch aus dem goldführenden Rhein seine Reichtümer geholt: daher müsse er sie ihm gestohlen haben.

[3]) Wölund macht den König darauf aufmerksam, daß er sowohl wie seine Brüder mit Königstöchtern vermählt waren (die reiche Mitgift mitbrachten).

[4]) Mit dieser Strophe wird der Ort der Handlung an den Königssitz des Nidhod verlegt; dieser hat den gefesselten Wölund mit sich fortgeführt.

[5]) Der vom Holze kommt, d. h. Wölund, der im Walde gewohnt hatte.

[6]) Säwarstad, „im oder am Meere gelegener Ort“.

So geschah es: man durchschnitt ihm die Sehnen in den Kniegelenken und setzte ihn auf eine Insel, die nicht weit vom Lande entfernt war und Säwarstad hieß. Dort schmiedete er dem Könige allerhand Kleinode. Niemand wagte es, sich zu ihm zu begeben, als der König allein. Wölund sprach:

18. „Nun glänzt dem Nidhod am Gürtel des Schwert,
dessen Schneide ich schärfte, so geschickt ich konnte,
das ich selber gehärtet mit sicherer Hand;
nun verlor ich für immer den leuchtenden Stahl,
nie wird er in Wölunds Werkstatt gebracht.

19. „Bodwild trägt nun meines blonden Weibes
rote Ringe — ich räch' es nimmer!"
Kein Schlaf befiel ihn, er schwang den Hammer
und schmiedete hurtig Geschmeide für Nidhod.

20. In die Tür zu schauen, trabten die beiden
Söhne Nidhods nach Säwarstad.

21. Sie liefen zur Lade, verlangten die Schlüssel
und schauten hinein — da entschied sich ihr Los[1]);
viel Kleinode gab's da, die Knaben meinten
schimmerndes Gold und Geschmeide zu sehn.

Wölund

22. „Kommt heimlich morgen[2]) zur Hütte wieder,
dann geb' ich euch beiden vom goldenen Schatz;
dem Saalgesinde nicht sagt's, noch den Mägden,
verhehlt es jedem, daß hier ihr war't!"

---

[1]) D. h. in diesem Augenblicke faßte Wölund den Racheplan.

[2]) Warum Wölund seine Rache auf den folgenden Tag verschiebt, wird durch die Erzählung der Tidrekssaga (Kap. 73) klar. Hier sagt nämlich Wölund den beiden Knaben, daß sie nicht eher wieder zu ihm kommen sollten, als bis frischer Schnee gefallen sei; dann aber sollten sie den Weg rückwärts gehend zurücklegen. Die Brüder folgen dieser Vorschrift und werden darauf von Wölund getötet. Als die beiden nun vermißt werden und bei Wölund nachgeforscht wird, ob sie dort gewesen seien, erwiderte er, die Knaben hätten ihn allerdings besucht, seien aber wieder fortgegangen, und diese Aussage wird durch die von der Schmiede fortführenden Fußspuren bestätigt.

23. Es kam der Morgen, die Knaben raunten:
„Gehn wir nun hin, das Gold zu besehn!“
Sie liefen zur Lade, verlangten die Schlüssel —
ihr Geschick stand fest, als sie schauten hinein.

24. Die Köpf' schnitt er den Knaben herunter
und barg unterm Herde beider Füße;
die Schädel jedoch, die der Schopf bedeckte,
faßt' er in Silber und sandte sie Nidhod.

25. Aus den Augen schuf er Edelsteine
und schickt' sie der klugen Königin zu;
aus der zwei Brüder Zähnen macht' er
blitzenden Brustschmuck, den er Bodwild sandte.

26. Des roten Ringes rühmte sich Bodwild

. . . .

er brach ihr entzwei, sie bracht' ihn zu Wölund
„Nur Wölund allein wag' ich's zu sagen.“

Wölund

27. „Ich bessere so den Bruch im Goldring,
daß dem Vater dein er noch feiner erscheint
und der weisen Mutter bei weitem schöner,
deinen eigenen Augen ebenso gut.“

28. Überwältigt vom Bier, das der weisere darbot,
entschlummerte bald die Schöne im Sessel.
„Nun hab' ich gerächt an den ruchlosen Leuten
alle Übeltaten, nur eine noch nicht.

29. „Gesund nur wünscht' ich die Sehnen,“ sprach Wölund,
„die die Schergen Nidhods durchschnitten haben.“ —

. . . .

[1]) Lachend erhob in die Luft sich Wölund,
weinend ging Bodwild vom Werder, bangend
ob der Flucht des Buhlen und des Vaters Zorne.

---

[1]) Vor dieser Zeile muß etwas ausgefallen sein, das wir nach dem Bericht der Tidrekssaga (Kap. 77) ergänzen können. Dort wird nämlich erzählt, daß Wölund seinen Bruder Egil bat, ihm Vögel zu schießen, worauf er sich aus den Federn derselben ein Flügelkleid machte, mit dem er sich in die Luft hinaufschwang.

30. Die kluge Gattin des Königs stand draußen,
nun trat sie zur hohen Halle hinein
und setzte erschöpft an der Saalwand sich nieder:
„Wachst du, Nidhod, der Njaren Beherrscher?"

Nidhod

31. Ich wache immer, der Wonne beraubt,
mich erquickt kein Schlaf seit der Knaben Tode;
mir friert das Haupt — verflucht sei dein Rat[1])!
mein Wunsch nur ist es, mit Wölund zu reden.

32. Gib Antwort, Wölund, du Elbenfürst:
was geschah mit den Söhnen, die gesund mich verließen?

Wölund

33. Erst sollst du mir alle Eide schwören
bei des Schiffes Bord und des Schildes Rand,
bei der Schneide des Schwerts und dem Schenkel des Rosses,
daß du Wölunds Gattin[2]) nicht Weh bereitest
und meiner Geliebten das Leben nicht raubst,
wenn mein Weib auch wäre verwandt dir selber
und ein Kind mir erwüchse im Königssaale.

34. Zur Werkstatt geh, die du Wölund bautest,
dort wirst du die blutigen Bälge finden;
die Köpfe schnitt ich den Knaben herunter
und barg unterm Herde beider Füße.

35. Die Schädel jedoch, die der Schopf bedeckte,
faßt' ich in Silber und sandte sie Nidhod;
aus den Augen schuf ich Edelsteine
und schickt' sie der klugen Königin zu.

36. Aus der zwei Brüder Zähnen macht' ich
blitzenden Brustschmuck, den ich Bodwild sandte;
und Bodwild geht, euer beider einz'ge
Tochter, belastet mit Leibesfrucht.

---

[1]) **Dein Rat:** der in Str. 17 von der Königin ausgesprochene Ratschlag.
[2]) **Wölunds Gattin:** natürlich ist Bodwild gemeint.

Nidhod

37. Nie hört' ich ein Wort, das mich heftiger schmerzte,
das ich strenger, Wölund, zu strafen wünschte:
doch reicht zu dir kein Reiter hinauf,
so geschickt ist kein Schütz, der dich schieße herab[1]),

38. Lachend hob in die Luft sich Wölund,
vernichtet vom Schmerz blieb Nidhod zurück.

Nidhod

39. Erhebe dich, Thakkrad)[2], treuster der Sklaven!
die blondbewimperte Bodwild rufe,
daß die reichgeschmückte mir Rede stehe.

40. Ist's Wahrheit, Bodwild, was Wölund mir sagte:
saßt auf der Insel beisammen ihr beiden?

Bodwild

41. Wahr ist's, Nidhod, was Wölund dir sagte,
auf der Insel saßen allein wir beisammen
zu schlimmer Stunde — geschehn durft' es nie!
Ich wußte mich sein zu erwehren nicht,
ich konnt' mich Wölunds erwehren nicht[3])!

* * *

Dies ist die Sage. Es sind wuchtige Trümmer einer Erzählung: wie sich Schmied Wölund für grausame Mißhandlung grausam gerächt hat. Betrachtet man sie nüchtern und sachlich, so fordert sie nicht zu symbolischer Auffassung heraus. Und dennoch

[1]) Die Tidrekssaga (Kap. 78) erzählt, daß Nidhod es wirklich versucht, den Wölund aus der Luft herabschießen zu lassen, und zwar durch Egil, den er zu diesem Schusse zwingt. Wölund hatte dies jedoch vorausgesehen und eine mit Blut gefüllte Blase unter seinem linken Arm befestigt. Egil zielte nun der Verabredung gemäß nach dieser Stelle, und als das Blut auf die Erde tropft, hält der König den Wölund für tödlich verwundet und ist zufriedengestellt.

[2]) Thakkrad (mittelhochdeutsch: Dancrat), „der willkommene Ratschläge erteilt".

[3]) Der Sohn Wölunds, den Bodwild gebiert, ist nach der Tidrekssaga und dem mittelhochdeutschen Gedichte Virginal Widga (Witege), einer der Helden Dietrichs von Bern.

ist uns Menschen der Neuzeit Wielands Höhenflug aus den Tiefen des Schmerzes ein bedeutsamer Mythus.

Die Kraft des Feuers, das als Blitz die Wolkenjungfrauen jagt, sie liebt, verfolgt, einfängt; die donnernde Not und der rauschende Segen, der aus diesem Kampf der Elemente entsteht; das Symbolische dieses Kampfes, der sich ja auch innerhalb des Menschen zwischen Trieb und Geist als ein elektrisch Hassen und Lieben darstellt — das alles spielt hier herein. Der gelähmte Schmied der nordischen, der lahme Hephaistos der griechischen Überlieferung, der gerettete Feuerbringer Prometheus — sie sind Verwandte. Es ist der Blitz, der aus höheren Regionen auf die Erde fiel, seine Füße zerschlug, lahm lag und als Feuer dann wieder emporzüngelt, die Gottheit lästernd und die Gottheit suchend. Welche Poesie in dem allem! Der König der Finsternis, Nidhod, sucht zwar die empordrängende Flamme zu verschlingen; aber es gelingt ihm nicht; der dumme Teufel Nidhod muß erst recht dem Göttlichen dienen, er trägt dem Schmied den Schmerz ins Haus — und der Schmied, von seiner Not getrieben, schmiedet sich Fittiche, sprengt den engen Behälter seines Daseins und fliegt dem Urfeuer zu, der Sonne — oder, nehmen wir für unsern Fall an, fliegt in ein sonniges Land, wo seine Kunst unbefangene Menschen findet.

Wir müssen demnach auf das Menschlich-Seelische der Handlung allen Wert legen. Wielands Läuterung, aus den Niederungen empor, bildet unser selbständiges Problem. Dieser Wieland ist nicht schwächer als der tierhaft kräftige Wölund der Ursage: vielmehr erfordert sein Aufstieg unendlich viel größere Seelenkraft.

Wohl hat Jakob Grimm dem „unverletzlichen Gut der Sage“ gegenüber behutsame Zurückhaltung verlangt; aber diese Forderung gilt dem Sammler, Bearbeiter und Übersetzer, nicht dem freien Dichter. Goethes „Faust“ wird nicht vom Teufel zerrissen, und zu desselben Dichters Gestaltung der Iphigenien-Sage bemerkt Bielschowsky: „Es ist, wenn wir sein Stück neben das des griechischen Tragikers halten, als ob das Ergebnis einer zweitausendjährigen sittlichen und künstlerischen Entwicklung in einem göttlichen Symbol vor uns erschiene". Eine Jungfrau von Orleans ist in der Fassung von Shakespeare, Voltaire, Schiller eine dreifach verschiedene Gestalt. Und so mag man auch meine Gestaltung der Wielandsage als eine unter den vielen Möglichkeiten freier dichterischer Behandlung gelten lassen.

3. Bergtheater und Stadtbühne

Man mag über den bleibenden Wert des Bergtheaters bei Thale im Harz denken wie man will: seine Gründung mit so bewußt aufgestelltem und durchgeführtem Spielplan ist eine künstlerische Tat. Sie soll Ernst Wachler unvergessen bleiben.

Diese Freilichtbühne kann jedenfalls von sehr anregender Bedeutung sein. Literat und Regisseur können dort lernen. Die Natur lagert gewaltig um das Spiel her, Bäume und Steine sind Zuschauer, der Darsteller steht auf natürlichem Boden. Eine unwahrhaftige Kunst ist da ohne Wirkung; eine dumpfe Literatur paßt nicht in diese Bergluft. Etwas von dieser reinen und stolzen Natur muß in den Worten und Menschen einer Dichtung zu spüren sein, wenn sie stilgemäß wirken soll. Mit Recht hat man gesagt (Kunstwart, 15. IX. 05): „Das ist bereits klar erwiesen, daß alles rein Theatermäßige, aller Schund, auf der Naturbühne nicht wirkt: daß die Wirkung um so stärker ist, je höher das aufgeführte Werk poetisch steht."

Die Form eines Dramas dieser Art ist mir noch nicht ganz geklärt. Es läßt sich eine feierlichere Stilart denken, als sie mir hier zugeflossen ist. Ich wählte aus dem Gefühl heraus eine dichterische Prosa, mit energischem Rhythmus, wobei ich zwanglos den Stabreim benutzte, wenn er sich von selbst ergab. Diese dehnungsfähige Form gestattet rasche und knappe Gespräche, legt aber auch einem breiteren Aufschwung kein Hindernis in den Weg. Das Wort muß in unsrem Drama überhaupt wieder mehr Unmittelbarkeit und Wucht erhalten. Die unmittelbare Klangwirkung eines festen Hinaussagens haben wir über den dekorativen Ausmalungen der formfeinen Artisten und über der Kleinmalerei des sorgfältigen Naturalismus eingebüßt. Weder Pathos noch Konversationsstil ist hier die rechte Vortragsart, sondern festes, edel natürliches Sprechen. Durch das Ohr sofort in das Herz: dies ist das Ziel! Die Glut sei nicht aufdringlich, sondern verhalten, damit sie an den wesentlichen Stellen um so machtvoller herausbrechen kann.

Richard Wagner hat zwar für die Stimmung, wie sie die nordischen Stoffe mit sich bringen, vorbereitend gewirkt; er hinterließ uns bekanntlich einen größeren Entwurf zu einem musikalischen Wielanddrama, den ich absichtlich unbeachtet ließ, weil er von ganz andren künstlerischen Voraussetzungen ausgeht. Aber in der Hauptsache: wie wir nämlich mit den Mitteln des gesprochenen Wortes ein Drama hohen Stils schaffen, kann uns Wagner nicht raten. Die Verteidiger des auch von mir hochgeschätzten Musikdramas, die in dieser hohen Form der Oper eine Erfüllung Schillers zu sehen geneigt sind, unterschätzen die innere Rhythmik des Sprechworts, das in Dichterhänden nicht erst der Musik braucht. Und sie unterschätzen den raschen, schlagfertigen oder auch zarten und neckischen Dialog, wie ihn Shakespeare kennt, einen Dialog, der seinen Rhythmus und seine Erschütterungen nicht erst von Gesang und Orchester zu entlehnen braucht. Eine seelenvolle Menschenstimme, wenn sie liebende Worte zu uns sagt — oder auch harte, rasche, kantige Worte schleudert — braucht sie Gesang? Die ausströmende seelische Kraft ist Melodie. Ich habe daher nur zum Beleuchten oder Erhöhen der Stimmung, zumal wo Fabelhaftes hereinragt, die Musik als eine Dienerin empfohlen, ohne daß aber entscheidender Wert darauf zu legen wäre[1]).

---

[1]) Das Stück, im Harzer Bergtheater ohne jede Musik pausenlos gespielt, ist dort inzwischen das Hauptzugstück geworden. Das Weimarer Hoftheater nahm einen ganzen Orchester-Apparat zu Hilfe, was meines Erachtens nicht zu empfehlen ist. Für städtische Aufführungen genügen einige Instrumente, die hinter der Bühne aufzustellen wären, wie etwa bei Hauptmanns „Hannele". Und auch dies nur an einigen Stellen (z. B. Kommen und Gehen der Walküren und der Wichtel), wie es bei der Straßburger Aufführung (1912) gehandhabt wurde.

Zwar ist diese Dichtung den Möglichkeiten des Bergtheaters angepaßt, braucht aber nicht auf die Landschaftsbühne beschränkt zu bleiben. Es läßt sich sehr wohl denken, daß städtische Bühnenbilder gute Wirkungen hinzutun können, so daß ersetzt wird, was wir dort an Freilicht und Freiluft voraus haben. Auf der Stadtbühne kann mit Beleuchtungen viel erreicht werden, die Felsenszenerie sei großartig; sie wird hinten eingebaut und bleibt stehen; davor wird das Königsschloß heruntergelassen. Denn die Nachteile des Bergtheaters sind nicht zu übersehen: die Abhängigkeit vom Wetter. Und zwar in tieferem Sinne. Man kann dort über Nachtszenen und wechselnde Naturstimmungen, wie Lear auf der Gewitterheide oder Lady Macbeth mit dem Licht usw., nicht nach Gutdünken verfügen, kann höchstens — wie es im „Sommernachtstraum“ so wirksam geschehen — die natürliche Dämmerung zu Hilfe nehmen. Wobei aber ausdrücklich bemerkt sei, daß diese äußeren Dinge bei echter Dramatik nie das Entscheidende sind; ein Stück muß von innen heraus wirken, durch eigene Kraft.

Wenn aber die Freilichtbühne einmal eine Zeitlang gesunde Anregungen mit ihren Mitteln geboten hat, so hat sie ihren Zweck erfüllt. Sie kann sich dann zu einer dauernden Sommerbühne und stehenden Einrichtung neben dem städtischen Theater entwickeln — oder in Ehren über ihre Bänke wieder den Wald wachsen lassen.

Dörrberger Hammer (Thüringen), Mai 1905.

(Durchgesehen Herbst 1909 und Winter 1912/13.)

Wieland der Schmied

Dramatische Dichtung

Personen

Wieland

Slagfid, Egil — seine Brüder

Allwiß, Herwor, Olrun — drei Walküren

Nidhod, König der Njaren

Die Königin

Bodwild — ihre Tochter, Nidhods Stieftochter

Erster Knabe, Zweiter Knabe — Söhne Nidhods

Alrune, die Waldfrau

Krieger; Wichtelmännchen und ein „Riese“ in Wielands Diensten; Diener und Dienerin.

Erstaufführung im Harzer Bergtheater 20. Juli 1905
Erstaufführung im Hoftheater zu Weimar 22. November 1906

Erste Szene

Wilde Felsgegend vor Wielands Höhle

Eine Grotte unter überhangenden Felsen, ein wenig zur Linken, ist mit einer zerfallenden Hüttenwand zugebaut. Die Tür steht offen: man sieht in die schwarze Tiefe, aus der zeitweise Schmiedefeuer aufleuchten. Hammerschlag und Eisenklirren kommt anfangs aus der Tiefe des Berges. Eine große Truhe ist in der Höhle zum Teil sichtbar.

Die ganze Landschaft atmet Urwaldstimmung. Von hoch über der Höhle läuft ein gewundener Felsenpfad herunter und nach vorn, teilweise hinter Felsen vorüber; von dort kommen später die Walküren. Auch rechts ist ein Felsenweg, der jedoch nicht zur Höhe führt; von hier kommt später Nidhod.

Aus der Tür treten Wieland und seine beiden Brüder Slagfid und Egil. Sie gehören dem Geschlecht der „Schwarzalben" (Zwerge) an, sind aber starke Männer und scheinen nur klein, weil sie als Höhlenbewohner mit gebogenen Knien und breiten Füßen schwerfällig und gebückt einhertrotten. Ihre Gesichtsbildung, von schwarzem Zottelhaar umgeben, verrät einen niederen Menschentypus; Gier, Feigheit und fortwährendes unruhiges Umherspähen gibt ihrem Wesen das Gepräge. Slagfid und Egil sind, wie Wieland, in Felle gehüllt, außerdem aber geschmacklos mit Goldschmuck behängt; Egil hat Köcher und Armbrust auf dem Rücken, Slagfid ein Beil im Gürtel. Wieland ist einfacher, in seinem ganzen Wesen bedeutender, und geht auch aufrechter.

Es ist zunächst Dämmerbeleuchtung bis zum Kommen der Walküren.

Slagfid
(unwirsch)

Kennst du uns nicht mehr, Wieland?

Egil

Wieland ist krank.

Slagfid

Warum ist Schatten über dir, Wieland?

Egil

Ist nicht der schwarze Wald dein und alles Wild darin? Ist nicht der weiße See dein und alle Fische darin?

Slagfid

Hast du nicht einen Berg voll Gold?

Egil

Und da ist kein Bär im Gebirg — er gehört meinem Bogen! Und da ist kein Kraut im Wald — es kräftigt meinen Leib! Sind wir nicht reich, Wieland?

Slagfid

Und die Wichtel und Waldleute zwingen wir in unsre Fron! Und die Nixen im Mondschein und die Mägde Nidhods nötigen wir in unsern Arm! Sind wir nicht Herren des Waldes, Wieland?

(Kleine Pause.)

Egil

Laß ihn, Slagfid! Wir reden da einen Stein an! Komm, wir fragen die Waldfrau.

Slagfid

Wir fragen Alrune, die Waldfrau. — Denn über dir ist ein Zauber, Wieland.

(Sie wollen gehen.)

Wieland

(wie aus Gedanken erwachend)

Wartet —

Egil

Er spricht!

(Sie sehen ihn erwartungsvoll an.)

Wieland

(steht bald mit gesenktem Kopf, bald in die Ferne schauend, er sucht nach Worten)

Ihr pocht — ihr steht und rüttelt an meinem Leib — ratlos . . .
Ich hör' euer Fragen wie fernen Schall . . . Setzt euch auf diesen Sand!

(Sie setzen sich. Er spricht träumend, seherisch.)

Ein Zauber geschah mir:
Neun Tage ging ich umher und war im Traum . . .
Doch in der neunten Nacht war Sonnenwende.
Silbermond schwamm in den Wassern der Luft.

Und Wieland der Waldschmied stieg auf jenen Stein . . .
Wieland der Waldschmied sann von Mitternacht bis Morgen . . .
Was sann ich auf jenem Stein?
Ich flog!
Auf schwarzen Flügeln rauschte Wieland über den schwarzen Wald!
Eine Wunschmaid flog an meiner Hüfte, eine Heldin, eine Walküre!
Aus der Walküre kam eine starke Stimme:
„Auf, Wieland! Fliege mir nach!“
(Er steht und starrt in die Luft. Die Brüder sehen sich ratlos an.)

Slagfid
(schlägt auf das Knie)

Hohoho! (Lacht.) Der Zwerg Wieland fliegt!

Egil
(lacht)

Wohin die Fahrt, Wieland der Falke? In die Flamme der Luft? Verbrenn dich nicht, Zaunkönig!

Slagfid

Dir ist Wald und Wasser geschenkt, Bruder Wieland, die kühle Schlucht und der feuchte Berg — du sollst schreiten, nicht fliegen!

Wieland
(vor sich hin)

„Auf, Wieland! Fliege mir nach!“

Slagfid

Wer flog nicht oft im Traum?

Egil

Und eine Walküre schaut' er? Walküren tragen nur Helden nach Walhall —

Wieland

— nicht Höhlengewürm! Bitter wahr, Egil! Bitter weh! (Er setzt sich stöhnend zu ihnen auf den Sand.) Und doch hab' ich mit Schauern vernommen einer Walküre Goldklang: „Auf, Wieland, fliege mir nach!“ Ihre Stimme schoß in mich ein wie ein Bergwasser! Ich trank die Stimme wie der Tag das Licht — und mein Leib wurde Licht! So voll Goldlicht ward Wieland der Schmied, daß die breite Brust sprengte dies enge Eberfell! In mir ersprühte Schmiedeglut — schlug aus meinem Leib empor, fackelstark! (Springt in stärkster Bewegung auf.) Ich will nimmer in Höhlen hausen! Will nimmer als Wurm lagern über Schlamm und Gold — will nicht! will nicht!

(Streckt wild stöhnend die Arme zur Sonne empor.)

Egil

(entsetzt zurückgewichen)

Schau seine Augen!

Slagfid

(ebenso entsetzt)

Ich schaue . . .

Wieland

(immer in starker Seelenbewegung)

In Walhalls Toren stand Odin, als ich emporflog zur Sonne! Mich hat Odin geehrt, der aus der Sonne her mir entsandt hat jene Stimme, die mich trug, jenes Gold, jenes Licht . . . Ich höre die Heldin, ich halte die Walküre in mir! Und wenn ihr mit Schmiedehämmern zerbrecht meine Worte: ich halte die Stimme, ich halte sie in mir — in mir . . .

Egil

(in ratlosem Schrecken)

Slagfid, das ist unser Bruder nicht! (Den Schrecken abschüttelnd.) Wichtel, Met!

Slagfid

(ebenso)

Ihr rasselnd Kettenvolk da drin im Berg — Met her! Wir ersäufen und ersticken Wielands Stimme!

(Zwei rußige Wichtelmännchen mit grauem Bart, in Spitzmütze, Ketten an den Füßen, schleppen einen Krug heran.)

Wieland
(kommt zu sich, schaut wie erwachend um sich)

Was schafft ihr da? Was sitzt ihr im Sand?

Slagfid
(lacht)

Erwacht unser Brüderlein, wenn Met kommt?
(Sie lachen.)

Wieland
(rauh und groß)

Was lacht ihr? Was sucht ihr bei mir?! Seid ihr nicht das feige Hundevolk der Zwerge, das sich in Höhlen duckt? Lacht ihr, weil Wieland der plumpe Schmied von Flügeln träumt? — Was ich hier sprach, waren Worte — Worte für den geflügelten Wind, nicht für euch — da! fort! (Bläst in die Luft. Dann, derb und irdisch, in andrem Ton als vorher.) Feiste Dinge her, die zu meinen Brüdern passen! Met und Bärenschinken! Den Würfelbecher aus Birkenholz, Gnomen! (Ein Wichtel bringt ihn.) Wir losen um den Krug.

Egil

Topp!

Slagfid

Wer gewinnt?

Wieland
(deutlich)

Wer am wenigsten wirft, den zerschmettert das Schicksal und schleudert ihn zutiefst! (Er wirft.) Da! Ich habe geworfen! — Und der hat den Krug!

Egil
(wirft)

Da! Ich habe geworfen —

Slagfid
(wirft)

Und da! (Gleichzeitig mit Egil:) Wieland!

Wieland

Her den Krug! (Trinkt.) Ich trank ihn zur Hälfte. Die andre Hälfte biet' ich abermals aus. (Deutlich.) Wer am meisten wirft, den begnadet göttliche Gunst und wirft ihn zuhöchst! (Wirft.)

Egil

(wirft schweigend).

Slagfid

(wirft. Dann, gleichzeitig mit Egil:)

Wieland!

Wieland

Her die Hälfte! (Trinkt aus. Dann:) Löst mir das Schelmenrätsel: Wie kann einer zutiefst geschleudert werden und gleichwohl zuhöchst steigen? (Er betrachtet seine Füße.) Und auf diesen Krötenfüßen! . . . Brüder, meine Füße sind häßlich! Seht diesen Patschfuß — ein Abscheu!

Slagfid

Wichtel, Met! Aber ohne Würfelbecher! (Lacht.) Wunder! Wieland schaut zum erstenmal seinen Fuß!

(Wichtel bringen Met.)

Egil

Sind wir nicht vom Geschlecht der Alben? Willst du dich unsrer Füße schämen? Taugen sie nicht zum Tappen durch den Wald und zum Kriechen im gekrümmten Schacht?

Wieland

Molchfüße!

Slagfid

(hat getrunken, erhebt sich)

Starke Füße! So stampft der Ur durch den Tann, wenn er emportrieft aus dem Morast der Mittagsruh'!

Egil

(hat getrunken)

Fürchtet uns nicht der feige Nidhod? — Komm du mir vor meinen Bogen, Nidhod!

Slagfid

Der Neiding Nidhod wagt sich nicht an die drei Alben im Wolfstal! Ich schlüg' ihn tot! (Er schwingt sein Beil.)

(Leise Musik setzt hinter der Szene ein. Man hört ferne weibliche Stimmen.)

Wieland

Stimmen!

Egil

(springt sofort feige auf, greift nach der Armbrust und will fliehen)

Obacht vor Nidhod! Schließ dein Haus, Wieland!

(Wieland schließt.)

Slagfid

(ebenso ängstlich)

Nicht in den Berg! Es ist sichrer im Busch!

(Sie verstecken sich, geduckt davonschleichend.)

Man hört die Stimmen der Walküren.

Allwiß

(hochher, über der Schmiede, auf dem Felsen erscheinend; es ist um die drei Gestalten ein Glanz)

Dort muß ich hinab!

Olrun

Allwiß, dich blendet der See!

Allwiß

Auch im See ist Sonne! Komm, Olrun! Komm, Herwor! Hinab!

Olrun

Hinab!

Herwor

Hinab!

(Sie verschwinden hinter den Felsen und eilen den gewundenen Felsenpfad schnell herab und nach vorn.)

Die Musik (Harfe) drückt das Heraneilen aus, wird beim Auftreten der Walküren leiser und endet beim ersten Wort in Moll. — Die drei Walküren Allwiß, Olrun, Herwor treten unten auf: in weißen Gewändern, mit weißen Schwanenflügeln und Federbrustkleid (das über der Brust mit einer Spange schließt und woran die Flügel befestigt sind), Helm auf dem Haupt, mit offenem Haar (Allwiß: blond) und den Speer in der Hand. — Es wird nun auch unten heller.

Olrun

Allwiß, heia, war das ein stürmisch Fliegen!

Herwor

Wo ist die Walstatt?

Olrun

Keine Walstatt, keine Helden — was sollen hier Walküren? (Lacht.) Da steht Allwiß und staunt das Gestein an! Sage mir, Schwester, sage mir, Träumerin Allwiß, wer sandte dich in diese Waldung?

Herwor

Deutete nicht ihr Speer stracks hieher: „Dort muß ich hinab?“

Olrun

So rief sie: „Dort muß ich hinab“ — und riß uns unwiderstehlich mit sich dahin.

Allwiß

(traumhaft, verwundert)

Sonderlich Ding geschah mir ... Hört' ich nicht Odins Stimme: „Dort kämpft ein Held, dort fahr hinab“ —? ... Doch hier ist kein Kampf — ich sehe keinen Helden ...

Olrun

(hat unterdessen im Hintergrunde den — tiefer liegenden — See entdeckt)

Schwestern, ich weiß, wozu wir entsandt sind: Dort ist ein See! Ablegen sollen wir unser schweres Schwanengewand, schwimmen sollen wir im See, baden im gespiegelten Himmel — heia! Ab die Waffen, ab das Gewand!

(Sie legt im Hintergrunde Speer, Helm und Federkleid ab; letzteres ist mit einer Spange vor der Brust leicht zu schließen.)

Herwor

Heia, legt ab! (Tut desgleichen.)

Olrun

(steht im wallenden Gewand)

Seht mich an: ich bin eine Menschenjungfrau! O wie leicht schreite ich und schwinge meine freien Arme! Auch das Gewand werf' ich noch ab und springe ins Wasser und bin dann ein Fisch!

(Geht lachend hinter die Szene.)

Herwor

(faßt Allwiß am Arm)

Soll ich dir Träume abschütteln? ... Komm, ich löse dir die Spange, Allwiß.

Allwiß

(erschauernd)

Erspäht uns niemand?

Herwor

(unbekümmert fortfahrend)

Ein verfallen Haus — Felsen — Wald — wer will uns erspähen?

Olrun

(ruft)

Ich schwimme schon!

Allwiß

(hat mit Herwors Hilfe Fittiche, Helm und Speer abgelegt)

Schwer drückt die Luft der Erde, obschon ich nicht Helm trage noch Fittich ... Herwor, mir ist bang ... Ich höre nicht mehr Odins Stimme. (Lauscht.) Horch! ... Nein, ich höre sie nicht mehr ...

Herwor

(führt sie fort, ruft)

Seejungfrau, wir kommen!

(Beide ab.)

Die drei Brüder schleichen in höchster Erregung hervor; mit funkelnden Augen stürzt sich jeder auf ein Federkleid nebst Helm und Speer.

Egil

Mein!

Slagfid

Nein!

Wieland

Nein!

Sie pressen ihre Beute an sich; die ganze Besitzgier ihres Geschlechts bebt aus ihrem Wesen; sie messen sich argwöhnisch mit abwehrbereitem Speer.

Slagfid

Brüder, diese Frauen sind unser!

Egil

Diese Mädchen können nimmer in ihren Himmel zurück!

Wieland

Nehme sich jeder sein Weib und kehre heim in sein Haus! Neide keiner den andren! Wir sind Brüder!

Egil

(gedämpft)

Schweigt! Hören sie unsre Stimmen, so entschwimmen sie im See — oder sie entlaufen am Strand hin zu Nidhod!

Slagfid

(ebenso)

Umringt den Ort! Versteckt euch! Sie kommen!

(Sie verstecken sich nach drei Seiten, halten aber ihre Beute fest.)

Die drei Walküren kommen zurück.

Olrun

(ihre triefenden Haare ringend und schwingend)

Herwor, zu früh schlüpft' ich in mein Gewand zurück! Schau, wie mein Haar trieft!

(Sie spritzt lachend Herwor.)

Herwor

Olrun, sahst du die ängstliche Allwiß? Sie schwang im Wasser die Arme, als müßt' sie ertrinken! — Bist du die Schlachtjungfrau Allwiß?

Olrun

Sie lief aus dem Wasser fort und stand traurig am Ufer. — Warum bist du traurig, Allwiß?

Herwor

Luft und Erde und Wasser — drei Reiche sind unser! O Schwestern, wie sind wir glücklich!

Olrun

Kommt, derweil uns die Haare trocknen, laßt uns tanzen!

(Sie fassen sich an den Händen.)

Die drei Brüder springen vor, mit gefälltem Speer.

Slagfid

(mit starker Stimme)

Laßt uns mittanzen, Jungfrauen!

Die drei Walküren lassen entsetzt die Hände sinken und fallen sich mit lautem Aufschrei in die Arme.

Slagfid

Die Große dort wird mein Weib!

Egil

Ich habe mir die Große ersehen!

Slagfid

Ich gehe an Alter voran!

Egil

Auch an Wert?!

Wieland

Brüder, wes Federkleid ihr habt —

Egil

So sei's! die sei unser Weib! He, schöne Jungfrauen, welche von euch trägt dies Flügelgewand? Komm, Wunschmädchen, komm, zieh's an, wir wollen dich fliegen sehen!

Olrun
(löst sich und naht bittend)

O fremder Mann, wir sind kraftlos, raubt ihr uns die Gewänder —

Slagfid

Wes dies?

Herwor
(kommt)

Fremdling, gib — wir müssen heim nach Walhall —

Egil
(packt lachend Olrun).

Slagfid
(packt Herwor)

Höhlen erwarten euch, nicht Walhall!

Egil

Wieland, nimm Speer und Gewänder! Pack' sie in deine Truhe! (Wirft sie hin.)

Slagfid
(ebenso)

In deine Zaubertruhe die Fittiche da! (Wieland tut es; durch seinen leisen Spruch springt die Truhe auf und schließt sich ebenso.) Seid klug, Himmelsmädchen! Ihr seid unsre Weiber! Jene Truhe öffnet nicht Mensch noch Gott — Wieland weiß den Spruch! Niemand sonst!

Egil

Leb' wohl, Wieland! Ich hab' mir ein Fischlein gefangen!

Olrun

Schwestern — Allwiß — Herwor —
(Ab mit Egil.)

Slagfid

Gedeihe, Wieland! Meine Höhle hat eine Herrin!
(Zerrt Herwor davon.)

Herwor

Allwiß — —

(Ab.)

Wieland. Allwiß.

Wieland

(ruhig und einfach, aber von verhaltener Glut und Entschlossenheit)

Schau nicht nach dem Himmel, Mädchen. Der Himmel ist dir verschlossen. Du bist fortan im Menschenland.

Allwiß

(schaut händeringend nach dem Himmel)

Sie kommen nicht!... Keiner der Himmlischen, die dort durchs Abendgold fliegen, keiner kommt und zerschmettert so schmachvolle Tat! (Streckt bittend die Hände aus.)

Helft, o helft mir, hellbeschwingte Walküren!
Hilf mir, König Walhallas!
Sagtest du nicht: „Allwiß, nimm deinen Speer"?!
Sagtest du nicht: „Allwiß, dort ist ein Kampf"?!
Sagtest du nicht: „Allwiß, dort flieg hinab"?!
Wirrsal der Felsen! Furchtbar steh' ich allein!
Keine Walstatt, kein Held!
Raub — Schmach — — Oh!

(Sie verbirgt das Gesicht.)

Wieland

(hat mit funkelnden Augen zugehört und bricht jetzt aus, aber immer in ehrfürchtiger Entfernung)

Verachte mir nicht den Ort, da du stehst, Mädchen des Himmels!
Verachte mir nicht den Mann!
Hier ist ein Kampfplatz! Hier kämpft ein Held!

Allwiß

(schaut ihn an, verbirgt aber schaudernd wieder das Gesicht.)

Wieland
(wild ausbrechend)

Häßlich — ja ich bin häßlich! Häßlich über alle Maßen ist Wieland! Ein Wurm, der den schmutzigen Leib hinschleppt über Schlacken von Gold! Scheusälig sind diese Füße — schwarz mein Wolfshaar — bleich mein Höhlengesicht! Sieh meine Augen an — rot von Finsternis! Sähst du mein Herz — schwarz von Tücke! Unwert bin ich der Wonnen Walhallas! Verstoßen ist Wieland, der Höhlenzwerg, aus Odins flammendem Saal!... O Mädchen des Himmels, aber ich kämpfe! Walstatt ist hier, Walküre Allwiß, erstickend im Unrat, steh' ich und kämpfe! Kämpft' ich nicht, du verflogen Weib, ich packte dich jetzt — ich schleppte dich jetzt in meine Höhle, wie meine Brüder tun! (Allwiß tritt erschauernd zurück.) Aber ich stehe — sieh mich an, ich stehe in Frieden — o Weib, und ich bitte dich nur — bitte dich nur, o Walküre, du Sonnengesandte: Halt meine Höhle wert, einzuziehen und mir zu erzählen von Walhalls unerreichbarer Wonne!

Er hat das mit inniger Glut gesprochen und steht nun mit einladender Handbewegung.)

Allwiß
(wendet sich nach ihm und schaut ihn verwundert an)

Du bist nicht schön — doch ich liebe deine Stimme ... Wie nennen sie dich, Fremdling mit der guten Stimme?

Wieland
(einfach)

Ich bin Wieland der Schmied.

Allwiß

Wieland der Schmied, ich hab' deine Stimme lieb.

Wieland

Hast du meine Stimme lieb und fürchtest dich vor mir?

Allwiß

Ich fürchte dich nicht mehr, Wieland der Schmied.

Wieland

(gütig)

Sie nennen mich den kunstvollsten Schmied im Nordland. In diesem Berge verwahr' ich große Truhen voll Gold und Edelstein — ich will dir alles schenken. Auch was ich fernerhin schmiede, will ich dir schenken.

Allwiß

Ich will dir viel mehr im Wetter herabschleudern, Wieland — wenn du mir die Fittiche wiedergibst, die dort in deiner Truhe liegen.

Wieland

(plötzlich wieder finster und hart)

Ich darf nicht.

Allwiß

Warum darfst du nicht?

Wieland

Meine Brüder dulden es nicht.

Allwiß

Sie wissen ja nicht darum! Gib mir mein Flügelgewand, Wieland, so eil' ich nach Walhall und hole mir Hilfe — und wir zwingen deine Brüder — und sie müssen auch Olrun und Herwor freilassen —

Wieland

(finster und hart)

Ich kann nicht.

Allwiß

Warum kannst du nicht? Springt nicht die Truhe auf, wenn du den Spruch sagst?

Wieland

(laut und heftig)

Ich will nicht!

Allwiß

Oh —! (In weiblichem Zorn, rasch:) Du bist nicht gut, Wieland!

Wieland

(in wilder Entschlossenheit)

Ob ich gut sei oder ungut — dich halt' ich fest!

Allwiß

(zornig)

Weißt du nicht, daß ich auf eine Walstatt gehöre, nicht in deine Höhle?!

Wieland

Ich weiß, daß du mir gesandt bist! Sonnengold bist du mir — ich schmiede dich in meiner Werkstatt!

Allwiß

Hüte dich! Fluch liegt auf dem Gold! Bin ich Sonnengold — weh dir, wenn du mich in deine Werkstatt nimmst!

Wieland

Ich schmiede mir auch den Fluch zurecht!

Allwiß

(immer erregter)

Ich bin zu Hause im Sonnensaal —

Wieland

Und ich will nach Haus in den Sonnensaal!

Allwiß

Walküren kommen nur zu Helden der Schlacht —

Wieland

Drum fing ich die Walküre mit List!

Allwiß
(läßt die Arme sinken und gibt entsetzt den Kampf auf)

Du bist furchtbar, Wieland der Schmied ...

Wieland

Sagtest du nicht, Wieland sei gut? Fürchtest du den guten Wieland? (Beruhigt sich. Dann, fest und einfach:) Wohlan, halte dein Lager, Wunschmaid, wohin dich dein Wille treibt! Ich zwinge dich nicht. Dort ist der Wald. Wieland geht in seine Hütte.

(Ab in das Haus.)

Allwiß
(allein in seelischer Qual)

O Schmach! Schmach! Schmach! Hätt' ich eine Waffe ... wüßt' ich in diesem furchtbaren Wald einen Weg! (Eilt umher.) Walvater im Himmel, ist das dein Wunsch und Wille?! Soll ich Weib sein diesem — diesem unerbittlichen Manne?! ... Gib mir, o gib mir ein Zeichen! Wirf deine großen Raben in die Luft — einen kleinen Eidechs laß laufen über diesen Rieselsand! ... Hast du mich hieher gesandt? Bin ich mit deinem Befehl in so furchtbarer Not? ... Stumm der Himmel — stumm der Stein ... (Mit den Tränen kämpfend, kindlich klagend:) Sie haben mir meinen Fittich genommen ... Sie haben mir Odins Stimme genommen ... Allwiß soll Flachs spinnen an eines Menschenmannes Herd! Oh! (Sie weint zornig auf. Dann, gen Himmel:) Ich weiß aber, o Vater, daß ich dein Kind bin! Bin ich dein Kind, sieh, so bleib' ich tapfer auch im Gewande der Knechtschaft! Ich weiß aber und weiß und weiß, daß ich deine Stimme gehört. „Dort flieg hinab!“ ... Ich weiß! Und ich finde hier nur diesen einen ... (Kämpft mit sich.) Ich kann nicht ... Doch er ist seltsam ... Wenn er mich achtet, so will ich ihm dienen ... (Sie schaut nach der Hütte, geht dann einige Schritte.) So will ich ihm dienen ... (gen Himmel) bis du mich wieder hinaufrufst! Dann sollst du mir sagen, warum du mich verstoßen hast in so unbegreifliche Not! (Sie geht langsam an die Tür und pocht.) Wieland! (Wieland tritt heraus und schaut sie ernst an. Sie spricht langsam, mit gesenktem Kopf.) Achte mich, Wieland, so will ich dein Weib sein.

Wieland

(nimmt sie ernst an der Hand und führt sie ins Haus)

Gewöhne dich an mein Haus, Jungfrau, meine Wichtel werden dir dienen.

Zweite Szene

Nidhods Halle

Bodwild und eine Dienerin mit einem Spinnrocken.

Düstre Beleuchtung.

Bodwild

(stolz und verächtlich)

Spinnrocken? Für mich? Und mein Vater schickt dich?! O Gänsin, und hast den Spott nicht gemerkt?! (Packt den Spinnrocken und wirft ihn in Trümmer.) Hier! Sag das dem König! Und sag's dem Feigling Einar!... Schick mir die Knaben her! Ich will mir von Helden erzählen! (Dienerin ab.) Bodwild am Spinnrocken!

König Nidhod und die Königin kommen.

Königin

(kühl und ruhig, mit natürlicher Herrscherwürde)

Weißt du, wer draußen ist, Bodwild?

Bodwild

Wohl weiß ich, Mutter, was auch du deiner Tochter zumutest! Schamlos!

Nidhod

(mit gespreizter Scheinwürde, doch innerlich unsicher)

Schamlos? Einar ist gekommen, um dich zu werben.

Bodwild

Welcher Einar?

Nidhod

Laß dir sagen: Ich will Bodwild endlich entlassen aus meiner Halle. Das weißt du nun.

Königin

Wir wollten mit Einar hieher in die Halle kommen und hofften, dich am Spinnrocken zu finden.

Bodwild

Sage mir, König, welcher Einar? Dein Freund Einar? Jener Einar, von dem ich eine Geschichte weiß? — Mutter, dort liegt der Spinnrocken.

Nidhod

Schwatze du deine Geschichte den Küchenmägden, nicht mir!

Königin

Einar wirbt in Ernst und Ehren um dich, Bodwild.

Bodwild

Jener Einar, der einmal mit diesem Manne (auf den König deutend) eine so schimpfliche Stunde erlebt hat?

Nidhod

Einar ist der goldreichste Mann im Norden.

Bodwild

(scharf und deutlich)

Ich hörte munkeln, deine Truhe sei leer? Darum also willst du mich verkaufen?! (Kleine Pause. Langsam:) Ihr könnt Einar sagen, er solle sich zu mir setzen —

Nidhod

(klatscht rufend in die Hände)

Man soll Einar sagen — (Diener kommt und fragend.)

Bodwild

(lauter)

— sich zu mir setzen und mir erzählen, wie ihn Wieland der Schmied an den Baum gebunden!

Nidhod

(zum Diener, zornig)

Fort mit dir! (Diener ab.) Bodwild!

Bodwild

Und soll mir erzählen, wie ihm Wieland der Schmied ein glühend Eisen über die Stirn gebrannt hat! Und soll mir erzählen, wie König Nidhod derweil im Busch saß und schlotterte vor Angst! Das ist die Geschichte, die ich von Einar weiß!

Nidhod

Bodwild! (Im höchsten Zorn.) Dies Wort tötet Wieland!

Bodwild

Du den tapfren Wieland töten?

Nidhod

Ich sage dir: Dies Wort tötet den Waldschmied!

Bodwild

(höhnend)

Armer Schmied!

Nidhod

Heute noch! Ich schaff' ein Ende! Zehnmal biß ich die Zähne zusammen und war gut zu meines Weibes unbändiger Tochter. Ich bringe dir den Freier, (höhnisch) du Unvermählte, du bissige Wölfin, die keiner ins Haus will — und du wirfst mir Schimpf ins Gesicht! Hüte dich, Natternzunge! Dein Hohn hat heute Wieland getötet! Hab' du nun fortan Achtung auf deinen eigenen Leib: es könnte sein, daß du Wieland folgst!

Bodwild

(gleichfalls im Zorn)

Antworte mir, König: Warum hat Wieland Einar an den Baum gebunden? Warum hat er ihm seine feurige Rune eingebrannt? Nun? Ich will dir die peinliche Rede ersparen: Weil er den Schelm Einar ertappte, wie er sich mit Wielands Gold aus der Höhle schlich! Ein Dieb ist Einar! Den Dieb hat Wieland an den Baum gebunden! Und wer war der zweite Dieb? Der Mann, der unterdes im Busch mangelhafte Wache hielt! Da steht er! — O du würdig Schelmenpaar, mit einem Dieb will man mich vermählen?!

Nidhod

(rasend vor hilfloser Wut, stößt endlich die Worte heraus)

Wieland stirbt!! (Ab.)

Königin. Bodwild.

Königin

Böse Worte, Bodwild. Er ist deiner Mutter Mann und ist König. Du sprichst hart.

Bodwild

Ich muß abschleudern dies Gewürm. Seitdem mir dieser Unmann, der dein Gatte ist, den Fremdling umgebracht, den das Meer an unsere Klippen warf — seit jener Mordnacht nenn' ich diesen Mann Feigling, nicht Vater! Warum hat er mir den langhaarigen, starken, stolzen Fremdling tückisch getötet? Er neidete ihm seine Stärke — wie er Wieland sein Gold neidet! Neiding sein Name! Ich aber bin Bodwild, die Heimatlose, ich bin Bodwild, die Betrogene! Denn du weißt es, Mutter: ich hatte jenen Fremden lieb.

Königin

(leise, halb zu sich)

Wir sind heimatlos beide. Ich bin lange schon, lange nicht mehr dieses Mannes Gattin. (düster) Es war ein Tag der Blindheit, als ich, eines Helden Witwe, diesem Prahler als Gattin folgte, weil ich — nun, weil ich ihn für einen König hielt. Zu spät hab' ich ihn als Feigling erkannt.

Bodwild

Ja, Mutter, nun sind wir getrennt vom Heldenland. Angeschmiedet im Nebelheim! — Sage mir, Mutter: Meinst du, daß er sich an Wieland wagt?

Königin

Mit Tücke — wie er ja alles mit Tücke tut.

Bodwild

Mir hat Alrune, die im Gebirg haust, geweissagt. Das Waldweib hat mir geweissagt, daß ich furchtbar verwirren werde Wielands Geschick. Mir ist bang, daß sich diese Weissagung erfülle.

Königin

Die drei Zwerge sind stark. Das Volk sagt von Egils Bogen Wunderdinge.

Bodwild

(in Gedanken, düster)

Dieselbe Alrune weissagte mir, daß ich in der gleichen Stunde sterben würde wie Nidhod. Schlechter Pfadgesell in die Unterwelt!

Königin

Dieselbe Alrune sagte mir lustigere Dinge: die drei Zwerge, sagt sie, haben sich drei Walküren gefangen.

Bodwild

Walküren?! Und dulden das? Die Schlachtjungfrauen töten nicht sich selber, nachdem sie die scheußlichen Buhlen getötet?!

Königin

Wer sagt dir, daß ihnen die Männer mißfallen?

Bodwild

Der Höhlenschmied Wieland sollte einer Walküre gefallen?

Königin

Wer weiß! Werde älter, Kind! Die Nornen werfen ihr Netz über Mann und Weib ... Doch ist es seltsam und sieht wie Gericht aus: mit Tücke fingen jene die Walküren, mit Tücke wird ihnen Nidhod über den Hals kommen.

Bodwild

Nidhod wagt es nicht. Er fürchtet ihren Zauber. Doch möcht' ich diesen Waldschmied sehen ... Man sagt von seiner Kunst seltsame Dinge ...

Die zwei Knaben kommen.

Königin

Nun? Wer schickt euch?

Bodwild

Ich will ihnen von Helden erzählen. Die Zierlinge zaudern mir zu lange, Männer zu werden. Sitzen in Werkstatt und Küche.

Königin
(achselzuckend)

Nidhods Blut, Bodwild. Doch sind sie von guter Art.

Bodwild

Sie sind mir ein Vorwand, wie manchem Sänger das dumm lauschende Volk: ich erzähle mir selber von Helden. Denn der Dieb Einar, der um mich zu freien wagt, tanzt mir vor Augen — ich muß Heldenbilder zwischen ihn und mich stellen. Hierher, ihr zwei, wir sprechen von Sigurd und Brunhild! (Königin ab.)

Bodwild. Die beiden Knaben.

Erster Knabe
(hat ein Holzschüsselchen in der Hand)

Bodwild, ich habe dir ein Schüsselchen geschnitzt ...

Bodwild
(hat sich gesetzt)

Kein Königswerk, Junge. Laß das die Knechte besorgen! — Ich will euch sagen von einer stolzen Frau, der stolzesten im Nordland — so stolz, daß sie unter Gewürm nicht länger zu atmen gewillt war, so stolz, daß sie das Schwert nahm und sich selber den Stahl in die Brust stieß — hier, wo die Mutter den Säugling nährt. Sie hatte kein Kind: der Stahl ward ihr Kind. Aber sie starb daran ...

(Sie brütet vor sich hin; die Knaben sehen sich verlegen an.)

Zweiter Knabe

Du wolltest uns erzählen, Bodwild.

Bodwild
(halb zu sich)

Warum starb Brunhild, die Königsfrau im Nordland? — Sie wollte folgen in die Unterwelt dem, den sie lieb hatte mit ungebrochener Kraft des Blutes: Sigurd, der ihres Herzens Gatte war, doch nicht ihres Leibes …

(Sie stützt den Kopf düster brütend in beide Hände.)

Zweiter Knabe

Wer war Sigurd?

Bodwild
(auffahrend)

Königssohn, du kennst Sigurd nicht?!

Erster Knabe
(zum zweiten)

Der den Drachen getötet!

Zweiter Knabe

Vater sagt, es gibt keine Drachen mehr —

Bodwild

Das freut deinen Vater, nicht wahr?

Zweiter Knabe

Und du erzählst uns Lügenmären, sagt Vater —

Bodwild

Weil ich von tapferen Männern erzähle? Ei, das glaub' ich, daß er Tapferkeit Lüge nennt! (Steht auf, spricht in die Luft.) Vergib mir, Brunhild, daß ich deine Gestalt vor solche Spiegel stelle: du wirst verzerrt darin oder ein Lügenmärchen. Komm, Nidhods kluger Junge, da ist Kleinfutter für dich: nimm diesen verhudelten Spinnrocken und bring ihn hübsch sorgsam wieder in Ordnung! (Gibt ihm den Spinnrocken.) Und du, Kleiner, lauf in den Hof und füttre die Gänschen!

Erster Knabe

(schaut in den Hof hinab)

Was ist da im Hof? Sie treiben die Pferde in den Hof! Und die Knechte kommen mit den Sätteln. Wollen sie ausreiten?

Bodwild

(auffahrend)

Sie reiten aus? Sie reiten ins Wolfstal und wollen den Waldschmied fangen?! — Dies lustige Ringelstechen muß ich mir ansehen! (Ruft in den Hof.) Knecht, treib mein Roß ein! Ich reite mit!

(Ab.)

Dritte Szene

Vor Wielands Höhle

Allwiß tritt mit dem Spinnrocken heraus.

Allwiß

(tief aufatmend, schaut sich um; eine feine Trauer ist über ihren Worten und ihrem ruhigen Wesen)

Komm ins Licht heraus, Wieland! — Die Luft ist rein . . . Die grünen Flammen der Wälder schlagen zur Sonne empor . . .

(Wieland tritt zu ihr, im Schurzfell, einen kleinen Hammer in der Linken, einen goldenen Gegenstand in der Rechten. Er ist schöner gekleidet, in altgermanischem braunem Tuchrock und Beinkleidern, und männlich edler in seiner Haltung.)

Wieland

Dein Goldhaar flimmert schön im Sommerlicht, Allwiß . . . Weißt du, was ich wohl möchte, Allwiß, mein Weib?

Allwiß

(setzt sich auf einen Block und spinnt)

Was möchtest du, Wieland, mein Gatte?

Wieland

So zarte Fäden möcht' ich schmieden können, wie diese Strähnen, die aus deinem Haupte wachsen ... (Berührt vorsichtig ihr Haar.) Schau her, was ich hier gehämmert habe! (Zeigt ihr den Gegenstand.) Ein Eichenblatt aus lautrem Gold!

Allwiß

(betrachtet es, geht dann zu einem Eichbusch und pflückt ein Blatt, bringt das Blatt und vergleicht beide Blätter)

Dein Gold ist schön, Wieland, und du schmiedest fein, doch — das alles ist lebendig. Dein Gold aber ist tot.

(Sie seufzt, gibt ihm das Gold und schaut in die Ferne.)

Wieland

Freilich kann ich es nicht lebendig schmieden ... doch hab' ich das alles dir geschmiedet, Allwiß. Du hast Wieland gelehrt, Blumen und Blätter und alles, was wächst, anders zu betrachten. Es hängt seitdem ein Schimmer an den Dingen. Ich sehe nun erst, wie das schön ist. Und ich schuf mir Hämmerchen feinster Art und schmiede das Geschaute in lautres Gold. Ich besaß vordem die Welt nicht, obwohl viel Gut in meinem Berg lag; du hast mir die Welt geschenkt, Mädchen aus Sonnenland. Und sieh: Wieland gibt dir die Welt wieder im goldnen Nachbild. (Hält ihr das Goldblatt hin.)

Allwiß

Du hast mir schon den roten Goldring geschenkt, Wieland, den ich am Arm trage ... und unsre Kisten sind voll Schmuck ...

Wieland

(traurig)

Schmuck macht dich traurig?

Allwiß

Du bist gut, Wieland. (Gibt ihm die Hand.) Es macht mich nur traurig, daß dein Gold tot ist.

Wieland

Tot?

Allwiß

Es liegt in deinem Berg begraben; es schläft in eisernen Truhen. Und so viele Menschen gehen gebückt über die Erde hin und würden voll Freude sein, wenn sie deine Kunst schauten. Dein Gold ist tot, Wieland. Und auch ich lebe nicht ...

Wieland

(trotzig)

Muß ich für andre schaffen? Soll ich schmieden für viele? — Wieland ist frei! Er dient nicht!

Allwiß
(erhebt sich)

Auch ich war frei, Wieland, und diente doch! Frei flog ich durch das Luftreich und forschte, wo auf Erden ein Held sei, und half ihm kämpfen und holt' ihn zuletzt nach Walhalla! Wo ist ein Kämpe, der sich im Wolfstal eingräbt wie Wieland? Zeige mir den Mann, und ich sage dem Mann: Mann, du bist nicht Gold, du bist toter Stein! Du wirst niemals leben im Sonnenlande, wo wir Lebendigen die Taten der Menschen wirken! (Stöhnt und verbirgt das Gesicht.) Wir Lebendigen ...

Wieland
(steht stumm und staunend, läßt Hammer und Goldblatt fallen)

Seltsam Neues sagst du mir, Allwiß ... Leb' ich denn nicht?

Allwiß

Du lebst wie diese Klötze von Stein: du lagerst auf Gold. Dein Berg wird einst zusammenbrechen und wird verschütten deine Kunst und dich — und die lange schon tote Walküre Allwiß.
(Seufzt, schaut mit wehem Antlitz in die Luft.)

Wieland
(steht sehr verlegen)

Allwiß ... deute mir besser deine Rede ... Sage mir, was soll ich tun? (Sie schweigt.) Allwiß, du sagst mir: „Wieland, du bist gut" — ich aber weiß nicht, ob ich gut bin, Allwiß, denn du bist traurig. Ich weiß nur, daß ich dich lieber habe als Gold und lieb wie meine Schmiedekunst. Ich schaue dich an — und es rinnt Wärme in mich ein. Und meine Gedanken, die schwarzen Gesellen, werden gut.

Allwiß

Werden sie gut, Wieland? — Dann sage mir, Wieland: Warum duldest du Zwang und Trauer in deiner Hütte, wo dies fröhliche Gold leuchtet? Zwang tut weh, Wieland ... Dein Weib weiß es. Deine Wichtel wissen es auch.

Wieland
(bestürzt)

Ich tue den Wichteln kein Leid . . .

Allwiß

Nimm ihnen die Ketten ab, Wieland! Sie sollen frei sein und singen bei ihrer Arbeit, nicht wimmern und weinen.

Wieland

Sie werden mir entlaufen . . .

Allwiß

Binde sie mit stärkeren Ketten: laß sie gern dein Gold hämmern, laß sie mit Lachen ihr Handwerk tun — so entlaufen sie dir nicht. Gib ihnen Liebe, Wieland!

Wieland
(unbeholfen)

Liebe? . . . Liebe . . . Frauen kann man lieben, denn ihr Leib ist schön . . . Gold kann man lieben, denn es glänzt . . . Aber diese Wichtel?

Allwiß

Schau diesen Berg an, Wieland, er ist unansehnlich Gestein: aber in seinen Klüften ist Erz. Wieland, mein Gatte, wähnst du, daß ich deine Gestalt liebe? Aber in deinem Herzen ist Gold. Würdest du Allwiß lieben, wenn sie dich marterte mit Haß und Hohn? Ehre mich, Wieland, und sage mir, daß du meine Worte mehr liebst als meinen Leib.

Wieland
(immer in seinem schwerfälligen Staunen)

Dich kann man lieben . . . deine Worte sind Weisheit . . . aber die Wichtel? . . .

Allwiß

Aus Odin kommen sie alle!

Wieland

Die Wichtel?!

Allwiß
(gewaltig)

Odin ist furchtbare Flamme! Odin ist so wogend und webend Gold, daß dein Berg und alle Goldberge der Welt verzehrt werden in seiner Glut, Wieland der Zwerg! Willst du mich beschenken mit deinem geborgten Flämmchen, die ich Flamme bin aus Odin?! Du mich beschenken an deinem ärmlichen Herd?! Begreife doch und gehorche mir! (Steht stolz, erhaben.)

Wieland
(läßt sich auf ein Knie nieder)

Tochter Odins ... Ich weiß nur, daß ich dich lieb habe ... Allwiß, meine Geschenke sind nicht Hochmut, meine Geschenke sind Worte, die stammeln: Wieland hat dich lieb!

Allwiß

Hast du mich lieb, so sei wie mein Vater: sei stolz, sei frei, sei gut! Dulde nur Freie um dich! Die Menschen sollen froh werden, wenn Wieland kommt, der kunstvolle Schmied! Odin, der größere Schmied, hat diesen ganzen Wald und alle Geschöpfe der Erde geschmiedet: bist du nicht Odins Sohn? Ist nicht Odins Tochter deine Gattin?! Sei wie mein Vater, so hab' ich dich lieb: denn nach meinem Vater verzehrt mich die Sehnsucht!

Wieland
(faßt an die Stirn, schaut um sich, überwältigt von neuen Erkenntnissen)

Odin ... ich ... Odins Tochtermann ... Ich bin Odins Sohn?! ... (Eilt in die Schmiede.) Wichtel! Her zu Wieland! (Die Wichtel, deren Gehämmer man gelegentlich hörte, wimmeln kettenklirrend heran.) Die Frau dort am Spinnrocken will, daß ihr keine Ketten mehr tragt! Die Frau will es, weil sie gut ist und heilig und Odins Tochter und mein Weib! Hin zu ihr und dankt ihr! (Seit dem Rufen der Wichtel hat leise Musik eingesetzt, die nun andauert, bis die Wichtel wieder verschwunden sind, zart wie

Bienensummen, voll Koboldlachen der Freude und Dankbarkeit. Die Wichtel, denen Wieland die Ketten abnahm, laufen zu Allwiß, die einige von ihnen streichelt, dann hasten sie fröhlich in die Schmiede zurück.) Ihr sollt fortan essen, was ich esse! Ich will keine Knechte mehr in meinem Berg! Ihr sollt schlafen auf weichen Fellen! Ihr sollt meine Gesellen und Freunde sein, nicht meine Froner! (Kommt zu Allwiß.) Hat Wieland deine Rede wohl verstanden, Allwiß? Bist du nun nicht mehr traurig?

Allwiß
(faßt seine Hand)

Du bist gut, Wieland. Doch —
(Seufzt, betrachtet ihre Handgelenke und schaut in die Luft.)

Wieland

Noch vieles hast du im Herzen, was du mir nicht sagst. Ich aber schenke dir nun zwei Dinge, ein Großes und ein Kleines. Erst die kleine Botschaft: Allwiß, Gäste kommen heut' über den Berg!

Allwiß

Gäste? In unser Tal?

Wieland

Deine Schwestern kommen mit meinen Brüdern zu Gast!

Allwiß
(springt auf)

Oh! Olrun? Herwor?!

Wieland

Ist dein Herz froh, Allwiß?

Allwiß
(sinnend)

Wie oft schlich der Sommer über die Erde?

Wieland

Seit deine Schwestern im Wald sind? — Dreimal.

Allwiß
(seufzt)

Lang! Lang! Lang!

Wieland

Wielands Weib, hab' ich dir übel getan in diesen drei Sommern?

Allwiß

Du bist gut, Wieland.

Wieland

Du hast mich emporgezogen, wie das goldne Seil den schwarzen Eimer emporzieht aus der Finsternis des Brunnens. Meine Seele war vordem gebunden. Aber nun rieselt und tropft es wie blinkend Wasser von meinen Lippen. Ich kenne nun alle Dinge, sie haben Gewänder an und laufen lebendig in meiner Hütte aus und ein: denn ich kenne ihre Namen, ich kann sie rufen und kann sie formen. O Weib, nicht ich bin gut, du bist über Begreifen gut! Und darum will ich dir das Letzte geben. Ich will dir das Höchste geben, was ich in meiner Hütte habe.

Allwiß

Was kann das sein?

Wieland

Weißt du, Allwiß, was in jener Truhe liegt?

Allwiß
(preßt, entsetzt zurückweichend, die Hände auf die Brust)

Wieland! . . .

Wieland

Erschrickst du?

Allwiß

Willst du mich fortschicken?

Wieland

Festhalten will ich dich! Wie sagtest du von den Wichteln? Mit Lachen und Liebe sollen sie ihre Arbeit tun! Und so sag' ich von Allwiß: mit Lachen und Liebe soll sie an meinem Herde walten!

Allwiß
(bang)

Ich verstehe deine Worte nicht . . .

Wieland

Allwiß: ich will dir jetzt Macht geben über dein Flügelgewand! Ich will dir das Geheimnis jener Truhe sagen!

Allwiß
(entsetzt die Hand ausstreckend)

Nein!

Wieland
(verwundert)

Warum darf ich dir nicht den Spruch sagen?

Allwiß

Tu es nicht, Wieland!

Wieland

Fürchtest du dich?

Allwiß

Sag mir den Spruch nicht!

Wieland

Niemand im Himmel und auf Erden weiß das Geheimnis. Meine heiligsten Schätze schlummern in dieser schweren Truhe — und darüber liegen eure Flügelgewänder.

Allwiß

Tu es nicht!

Wieland

Ich will dich froh sehen, Allwiß. Denn Schmuck freut dich nicht mehr, ich habe nun nichts mehr, was ich dir geben könnte. Darum schenk' ich dir jetzt dies tiefste Geheimnis —

Allwiß

Weh mir!

Wieland

Ehre mich und nimm es an! Laß mich wissen, daß mein Weib bei mir bleibt, weil es mich lieb hat! . . . Ehre mich, Allwiß! Sei nicht mehr meine Gefangene, sei mein Weib!

Allwiß
(nach der Truhe starrend, bebt und stammelt)

Ich ehre dich . . . auch ohne dies Geheimnis . . .

Wieland
(nimmt sie an der Hand und führt sie hin)

Komm! Dich ängstet der Zauber. Und doch sind die Runen so einfach! (Hebt die rechte Hand hoch.) Diese rechte Hand muß es sein:

Truhe! Tu dich auf der Treue!
(Die Truhe springt auf.)

Siehst du: da sprang sie auf! Und schau hinein: da liegen eure Himmelsgewänder. (Allwiß starrt vorgebeugt hin und verbirgt dann erregt das Gesicht. Sie bebt am ganzen Körper.) Willst du sie nun schließen, so mußt du die linke Hand heben. (Hebt die Linke).

Truhe! Schließe dich der Tücke!
(Die Truhe springt zu.)

Da springt sie zu! — Siehst du, dies ist mein Geheimnis. Trag es fortan mit mir, Allwiß!

Allwiß
(fällt ihm zu Füßen und umklammert stürmisch seine Knie)

Wieland, Wieland, o du bester aller Menschen!

Wieland
(beugt sich zu ihr, mit ganzer Innigkeit)

Liebst du mich, Allwiß? (Gen Himmel, tief bewegt.) Odin! Dies ist meines Lebens höchster Tag!

(Geht bewegt in das Innere; Allwiß liegt erschüttert, auf den Sitzblock Arme und Gesicht gelegt; fährt dann auf, als sie allein ist und starrt nach der Truhe, dann legt sie wieder das Gesicht auf die Arme und schluchzt.)

Jagdhörner, Stimmen und Lachen.

Egil und Slagfid kommen den Wald herab, in Jagdausrüstung; bei ihnen Herwor und Olrun; in der Linken Bündel, in der Rechten Alpenstock.

Allwiß

Olrun — —

Olrun

Allwiß — (Fliegen sich in die Arme.)

Egil

Heil, Wieland!

Slagfid

Gedeihe, Wieland!

Wieland
(heraustretend)

Heil, Brüder! — Seht, wie unsre Frauen froh sind! — Kommt herein und erquickt euch! Ich habe manchen Schacht gegraben ... Der Berg ist voll Höhlen ... Goldadern ...
(Sie gehen in den Berg.)

Allwiß
(erstaunt auf die reglos stehende Herwor deutend)

Wer ist diese dort? Ist dies schneebleiche Gesicht Herwor?

Olrun
(raunt Allwiß zu)

Der Zwerg war bös zu ihr, Slagfid!

Allwiß
(aufflammend)

Und sie stieß ihm nicht den Speer — nein doch, das Messer durch die Faust — und nagelte den Unhold am Tisch fest?! — Herwor, ich habe Gutes gelernt bei Wieland, tief schaut' ich in Berge und in Menschen. Du aber — was hast du da an deinem Handgelenk, wo ich den goldnen Reif trage?
(Beschaut Herwors Handgelenk.)

Olrun
(raunend)

Slagfid band sie in seinem Hause fest, so oft er in den Wald ging. Sie trägt Ringe von Blut.

Allwiß
(zornig-entsetzt)

Ha! — Herwor! (Packt sie an der Schulter.)

Herwor
(matt lächelnd)

Bin ich Herwor?

Allwiß

Herwor bist du! Die Himmelswalküre Herwor!

Herwor
(schüttelt langsam den Kopf, betrachtet ihr Bündel, schaut in die Luft)

Ich bin nicht Herwor ...

Olrun
(zu Allwiß)

Furchtbares muß sie erlitten haben. So, wie sie jetzt steht, zog sie den ganzen Tag stumm neben uns her. Nur manchmal schaute sie verwundert auf ihre Hand: es lag eine Träne darauf.

Allwiß
(packt Herwor an beiden Schultern, in Schmerz und Zorn)

Walküre! Wolkenjungfrau! Tochter Odins, erwache! Warum tötetest du nicht den Menschenwurm?!

Herwor

Du bist Allwiß, die mich zur Erde lockte. Du hast mir übel getan, Allwiß. Ich saß um deinetwillen viele Nächte weit im Wald ... Die Wolken liefen über unsre Hütte ... Ich rief zu den Wolken hinauf: „Nehmt mich empor, o Wolken! Sie haben mir die Flügel genommen!“ Die Wolken lachten und liefen weiter ... Meine Kraft ist dort in meinem Schwanengewand, dort in der Truhe ... Es war keine gute Fahrt, als ich mit dir zur Erde flog, Allwiß.

Allwiß

Eine Walküre, lachend im Licht, wirkend die großen Geschicke der Helden — oh, und durch mich in Schmutz und Schmach! . . . (Mit geballten Fäusten.) Durch mich! . . .

(Dieselbe Musik, die das Heranfliegen der Walküren einst begleitete, setzt ganz fern leise begleitend ein.)

Schwestern — Herwor, du mißhandelte Maid — es sprüht über mein Herz! (Packt Herwors Kopf.) Herwor! Dort schau hin! Rotfeuer des Sonnenuntergangs sprüht dort um Walhalla! Schau hin: Zinnen sind dort und Giebel und goldne Bäche! Die Götter haben die Gewänder abgeworfen, sie wandeln in herrlicher Nacktheit! Goldspangen blitzen — noch blendender die Augen! Sie haschen sich im Wettlauf, Baldr voran, er läuft wie ein Strahl, er stürmt ins Meer! Und auf den hellen Felsen winken die Frauen! Greise wandeln in großen Gesprächen! Und dort — Walküren reiten heim, Helden im Sattel! Walhalls Tore klirren auf — — Schwestern, und wir sind nicht dabei?! (Stürzt in stärkster Bewegung vor die Truhe, hebt die Rechte.) „Truhe! Tu dich auf der Treue!" (Die Truhe springt auf.) Dir bin ich treu, heiliger Himmel! (Reißt die Schwanengewänder heraus und eilt mit dem ersten zu Herwor, die zu ihr in die Schmiede läuft.) Herwor, hier ist dein Gewand! Hier ist dein Fittich, Herwor! (Herwor zittert heftig.)

Olrun

Ha! Allwiß — —! Mein Gewand! Mein Helm! Der Speer! (Kleidet sich in stürmischer Hast innerhalb der Schmiede an.)

Allwiß

(kleidet Herwor an, ebenfalls in der Schmiede, nur wenig oder gar nicht zu sehen)

Du sollst wieder fliegen, Herwor! Ich aber bleibe im Elend! Oh, fliegt, fliegt nach Walhalla — sagt ihnen, den großen Göttern, sagt unsren strahlenden Helden: Allwiß sendet euch heim — — sie selbst aber darf nicht kommen — — (Wirft sich laut schluchzend über den Block) darf nicht kommen!

Herwor

(stürmt erregt aus der Schmiede heraus, in ihrer alten elementaren Kraft sich hochreckend, laut)

Allwiß — bin ich Herwor?! Ich bin Herwor, die Walküre!

(Schwingt mit flammenden Augen den Speer und eilt den Felsenpfad hinan; es sind während dieser Vorgänge zuckende Lichter in der Luft, wie ferne Blitze)

Olrun

(angekleidet, in alter Kraft)

Ich bin Olrun, die Walküre! Hinauf! (Ab auf den Felsenpfad.)

Herwor

Hinauf!

(Beide verschwinden oben auf der Höhe der Felsmassen über der Schmiede.)

Allwiß

ist aufgesprungen, steht in schwerem Kampf, schaut nach dem Berg, nach der Truhe und der Stelle, wo die Schwestern verschwunden sind; dann stürzt sie an die Truhe und kleidet sich im Innern der Schmiede rasch an; kommt beschwingt heraus, steht noch einen Augenblick, streift den Armring ab, küßt ihn und legt ihn auf den Block — und eilt den Schwestern nach.

Pause. Die Musik geht in düstere, huschende Töne über, das Kommen Nidhods begleitend, stockt, wird leiser und verstummt beim ersten Worte der Brüder.

Nidhods Krieger schleichen von allen Seiten herbei und stellen sich links und rechts am Eingang auf, einige mit Stricken, andere mit gefälltem Speer. Zuletzt Nidhod, der sich fern hält; ganz zuletzt — bei der Fesselung der drei Zwerge — Bodwild mit Helm und Speer.

Slagfid

(im Innern des Berges, laut scheltend)

Weichling bist du worden, Wieland! Wo sind die Spinnen und Fledermäuse, die in eines Alben Behausung gehören? Die Igel und Eulen und all das Gezücht — wo? (Wird sichtbar.) Er hat alles gesäubert, gefegt, gewaschen! Und hörst du seine Rede, Egil? So spricht ein Weib, kein Waldschmied! Schellenklang! Und den Knechten nimmt er die Ketten ab?! Und mit Nidhod will er Frieden suchen?! Dich hat die Walküre verdorben, Wieland! Mich aber hat Herwor blutgierig gemacht!

Es wird während des Folgenden ganz langsam nach und nach dunkler.

Wieland

Es ist wohl besser, Brüder, ihr nehmt eure Weiber und kehrt heim in euren Wald. Ich gedenke fortan anders zu leben als ihr. Ich werde Frieden suchen mit Nidhod —

Slagfid

Totschlagen werd' ich Nidhod!

Wieland

— ich werde über den See fahren und Menschen suchen, mit denen ich mein Gold tausche, ich werde für mich und Allwiß und gute Gäste eine große Halle bauen, ich werde — — ha!

Nidhods Krieger springen vor; im Nu sind alle drei gepackt und gefesselt.

Nidhods Krieger

(überall herausbrechend, mit dröhnendem Ruf)

Heil, Nidhod!

Nidhod

(tritt langsam vor, auf den Speer gestützt, hohnlächelnd)

Da haben wir die drei Helden vom Wolfstal ... Dieser Bär ist Slagfid.

Slagfid

(schäumend)

Du feiger Räuber Nidhod, was willst du von uns?!

Nidhod

Nehmt das Tier Slagfid, schlagt ihn mit einem Baumast tot, denn er ist gegen Stahl gefeit! Dann werft sein Fleisch in meinen Bärenzwinger!

Slagfid

(drohend und angstvoll)

Nidhod, ich sage dir — du falscher Fuchs, ich sage dir — —

(wird fortgezerrt.)

Nidhod

Der da muß Egil sein. Dein Bogen hat Wert, Egil, aber ich brauche deine Hände dazu. Ladet Egil in meinen Turm ein! Schwört er mir Eide, so soll mir sein Bogen dienen. Schwört er nicht, so füttert meine Bären! (Egil wird abgeführt.)

Nidhod

Und du bist Wieland ... Nun sage mir doch, Wieland, was für ein Rätsel war es doch, das du mir an den Hof gesandt? Dein Scherzrätsel lief unter meinen Leuten um. Nun? Das Rätsel hieß: Wer ist der größere Schmied, Nidhod oder Wieland? Und die Antwort war: Der größere Goldschmied ist Wieland, Nidhod aber der größere Ränkeschmied. Ein feines Rätsel, gefesselter Goldschmied! Der Ränkeschmied gibt dir eben jetzt eine Probe. (Mit aufflammendem Haß.) Ich habe dich, Wieland!

Wieland

(ruhig und einfach)

Ich freue mich, daß ich dich gerecht geschätzt, Nidhod. Doch laß dir sagen: Wärst du nicht gekommen, ich wäre zu dir gekommen. Du hast mir die Hand gebunden, sonst hielt' ich dir die Rechte dar und sagte: „Sei mein Gast, Nidhod!“ Und laß uns fortan in Frieden Nachbarn sein!

Nidhod

(lacht laut und höhnisch auf)

Hahaha! Hört ihr? „Nachbar“ nennt mich dieser Zwerg!

Wieland

Nidhod, ich bin nicht dein Feind. Nannte ich mich ehedem deinen Feind, so verteidigte ich mein Gold. Und war ich in Wahrheit dein Feind, so bin ich es hinfort nicht mehr —

Nidhod

(mit Hohn)

Nein, Nachbar Wieland, das bist du hinfort nicht mehr!

Wieland

— Denn ich bin ein andrer, seit Allwiß zu mir gekommen — —
(Mit jähem Schreck.) Allwiß! Wo ist Allwiß? Wo habt ihr mein Weib?!

Nidhod

In die Höhle! Sucht mir das Weib, das er bei sich hat!

Wieland
(in stärkster Erregung vor sie hinspringend)

Hunde, zurück! Zauber zerschmettert jeden, der eintritt! (Rüttelt an seinen Fesseln.) Wein Weib! Wo ist mein Weib?! (Mit furchtbarer Stimme.) Wichtel heraus! Riese heraus! Fressende Flamme heraus! (Nidhod und Nidhods Krieger flüchten entsetzt bis an den Rand: Gesumm und Geklirr im Innern.) Sie haben mich gebunden! Her zu mir! (Erblickt die offenstehende Truhe, stürzt hin und starrt hinein, schaut wie sinnlos um sich in die Luft.) Wer — wer tat die Truhe auf?! Wer — wer stahl mir den Spruch?! Wo sind die Gewänder — — das Gold liegt drin, doch die Schwanengewänder — wo — die Frauen — (Erblickt den Goldreif, taumelnd, in heftigem Schmerz aufstöhnend.) O Allwiß!!

(Bricht zusammen. Die Krieger eilen wieder her. Bodwild nimmt, erregt vorgebeugt, an dem Vorgang stärksten Anteil.)

Nidhod
(hastig)

Die Füße! Rasch die Füße binden! (Sie tun's.) In den Berg! (Nimmt den Goldreif an sich.) Die Truhe geleert! Säcke her! (Sie füllen Säcke mit Goldschmuck.) Rasch, eh' er seinen Zauber ruft! — Was schleppt ihr da? (Krieger schleppen einen zottig mit Fell behangenen starken Menschen am Boden her.) Ist das der Riese, den er im Dienst hat? Er hat Wichtel in Menge und einen Riesen. Die Wichtel, sagt man, bindet er mit Ketten — und den da? Warum geht er nicht? Was? (Deutlich.) Die Sehnen hat er ihm durchgeschnitten? — Ha, beste Kette! Das lahme Ungetüm entläuft ihm nicht! Ersäuft den Halbmenschen im See! (Die Krieger schleppen den Riesen fort.) Die Wichtel haben sich verkrochen? Laßt sie in ihren Löchern, wir haben Gold! Aber Wieland — den findigen Schmied will ich mir festhalten! Schleppt ihn in seine Werkstatt! Und (mit Wucht und Hohn) — damit er mir nicht entlaufe, tut ihm, wie er dem Ersäuften getan! Die Sehnen durch!

Bodwild

(stürmt zornig heran)

Nein! Das tut Nidhod nicht!

Nidhod

Sieh da, meine Tochter Bodwild! Gedenkt es dir, Töchterlein, was ich dir heut' in der Frühe gesagt?! — Nehmt eure Messer!

Bodwild

Halt! Wieland ist edel! Vater, das tust du nicht!

Nidhod

Wunder über Wunder! Sie nennt mich Vater! Seit Monden zum erstenmal nennt mich meiner Gattin Tochter „Vater“! Und sie nennt den Zwerg da „edel“! — Tut, wie ich sage!

Bodwild

Den Speer in den Leib, wenn ihr —

Nidhod

Heran! Drei, sechs Krieger! Umstellt mir diese da — stecht zu, wenn sie vom Fleck geht! (Sie umstellen Bodwild, die vor Zorn keucht.) Dein Werk, Töchterlein! Du schändest jetzt Wieland, nicht ich — du Natternzunge! — Führt mein Roß her! — Wenn ihr fertig seid mit dem Schmied, so folgt mir! (Ab.)

Bodwild

(knirschend, unheimlich)

Dieser Tag ist dein Tod, Nidhod! (Dann, mit anderer Stimme, herrisch.) Laßt mich nach Hause! Rattengezücht! O feiges Rattengezücht, wert, daß man die Halle über euch anzünde! Platz!

(Sie geht, mit gesenktem Kopf und geballter Faust; bleibt bei Wielands Aufschrei kurz stehen und horcht einen Augenblick zurück; dann schüttelt sie zornig die Faust in der Richtung nach Nidhod und geht ab.)

Wieland

(stöhnt im Innern auf)

Oh!... Laßt mich, bis ich Allwiß gefunden!... O mein Weib Allwiß!...

Die Krieger

kommen teils lachend, teils ängstlich zurückschauend heraus, einige stecken ihre abgewischten Messer in den Gürtel und eilen mit den übrigen davon, oft zurückschauend.

Es ist fast Nacht geworden.

Die Musik hat seit Wielands Aufschrei leise klagend eingesetzt und steigert sich zu schmerzlicher Trauer. Ein Wichtel taucht in der Tür auf und späht umher. Da alles leer ist, winkt er den anderen. Sie kommen und schauen sich ängstlich um, eilen wieder zurück und tauchen abermals auf mit Säcken auf dem Rücken; laufen nach allen Seiten in die Finsternis davon. Der letzte macht die Tür hinter sich zu.

Vierte Szene

Nidhods Halle

Die Königin und Bodwild, Helm ablegend.

Bodwild

(im erregten Erzählen)

Schmachvoll! Nicht zu erzählen! Das ein König!... Ja, so scheußliche Taten hat er im Wald getan. Ich setze nichts hinzu. Da kommt er selber. Frage den Helden!

Nidhod tritt auf, legt Helm und Speer ab.

Nidhod

(voll satter Befriedigung)

Nun, ihr lauernden Wölfinnen? Hat die junge Wölfin erzählt, daß ich heut' vier Böslinge gebändigt?

Königin

Nidhod, ich muß dir sagen: Bis heute hab' ich meiner Tochter Hohn gezügelt. Von diesem Tag an hast du auch mich zur Feindin!

Nidhod

So werd' ich auch dich bändigen, Weib, wenn deine Stunde kommt! Frag' diese, wie ich sie heut' zwischen sechs Speere gestellt! Da wurde die Stachliche zahm! So tu' ich fortan mit euch zweien! Und meine Krieger stoßen zu, denn meine Krieger gehorchen mir! Merkt das!

Königin

(zu Bodwild)

Tat er das? Stellt' er dich zwischen die Knechte?

Bodwild
(schweigt, Zähne zusammenbeißend).

Nidhod

Der Schreck war heilsam — da: ich bringe dir dafür den Reif, den Wielands Weib am Arm trug! (Wirft Bodwild den Armreif zu.) Daß sie ihm entlief, warf den Wicht zu Boden. Kraftlos lag er wie ein Klotz!

Bodwild
(flammend)

Und so edlem Mann, den der Schmerz um ein Weib betäubt, hackt ihr die Sehnen durch?! Du Rattengezücht! O du, gemein in allem, du Dieb Nidhod — — und wenn du mich von sechzig Speeren durchstechen läßt, ich speie dich noch an: Feigling! Du ein König?! Und wenn ich alle Schandworte der Erde wie Staub zusammenscharrte und dir ins Gesicht schleuderte — es sühnte nicht die heimtückische Tat, die du heut' getan! Nie, bis in den Tod nicht, vergess' ich dir Wielands Wehschrei!

Nidhod
(mit Hohn)

Zetre, Töchterlein Bodwild! Es ist mir Wohltat, zu spüren, wie deine Scheltworte machtlos über mich niedertropfen. Ich schüttle sie ab und lache, denn die Beute — die Beute, mein Kind, die Beute hab' ich! Meine Schatztruhe ist voll! (Lacht.)

Königin
(kalt)

Steck' deine Worte ein, Bodwild —

Nidhod

Hörst du deine kluge Mutter? Steck' deine Worte ein! Sieh dich nach schärferen Waffen um, wenn du fortan Nidhod verwunden willst!

Königin

(mit kaltem Hohn)

Ja, steck' deine Worte ein. Denn der neue Sigurd hat sich gebadet im Gold der erschlagenen Zwerge! Seine Ehre ist fortan unverwundbar.

Nidhod

Ehre! Was ihr Ehre nennt!

Königin

(aufzuckend)

Willst du mich ehrlos nennen, du?! Wir haben nicht gestohlen und nicht geraubt und nicht im Busch gesessen, du „König" du!

Nidhod

Ehre? Die ihr mein Königshaus verunehrt Tag und Nacht, heimlich und offen?! Mich schaue man an, ärmer als Wieland, einen König, tapfer von Natur, zum Herrschen geboren, der verdorben ward durch zwei lose Weiberzungen!

Königin

Wir sind schuld, daß dir nie eine Tat gelang?

Bodwild

(schneidend)

Nie eine Tat? Er hat Wieland die Sehnen zerschnitten! Er hat Slagfid erschlagen und Egil gefangen! Er ist in Norge aus der Schlacht gelaufen! Er schlug meuchlings einen Gast tot — und wir sind schuld?!

Nidhod

(in wachsendem Zorn)

Deinen Buhlen schlug ich tot! Laß deine Hände sehen: wachsen dir die Krallen wieder?!

Bodwild

(klatscht in die Hände, ruft)

Eine Schere! Eine Schere für den König! Er will wieder Sehnen zerschneiden!

Königin

Wir sind aus Brunhilds eisernem Geschlecht, Nidhod —

Nidhod

Giftschwämme habt ihr Wölfinnen in der Brust, keine Herzen!

Königin

— und unsere Schmach ist diese: daß wir zanken mit Nidhod!

Bodwild

Wieland ist besser als du!

Nidhod

(in höchstem Zorn)

Wieland?! (Tritt mit der Faust vor sie hin.) Wäre Nidhod, wie ihr mir sagt, ich schlüge dich hier auf der Stelle zu Boden!

Bodwild

(unerschrocken)

Tu es! Ich geh' mit Lachen in den Tod, denn ich bin deines Umgangs satt!

(Die Königin ist neben Bodwild getreten, hat sie an der Hand gefaßt, und beide schauen ihm stolz und streng ins Gesicht.)

Nidhod

(duckt sich)

Grauenhaft Geschlecht!... Ich will nach Egil sehen. (Ab.)

Bodwild. Königin.

Bodwild

Ja, Mutter.

Königin

Ja, Bodwild.

Bodwild

Da stehen wir beide zwischen diesem Gestrüpp.

(Pause.)

Königin

Was tun wir für Wieland?

Bodwild

Mutter, der Waldschmied ist ein Mann. Dieser Wieland hat innere Macht. Etwas in seinem Blick hat dieser Mann, das sah über diesen Nidhod hinweg, als er mit ihm sprach. Das fühlte der König. Darum sein Zorn! Oh — und nun ein Krüppel! (Ballt die Fäuste.) Dieser Menschheit, die keine Männer mehr hat, ist ein Held genommen!... Sie hätten ihn nicht überwältigt, Mutter, selbst nicht, als er schon in Stricken stand! Denn als er in die Höhle schrie: „Fressende Flammen, heraus!“, flüchteten diese Feiglinge wie Staub im Wind! Nidhod voran! Er konnte sich von seinen Wichteln befreien lassen — er konnte — aber da stand er — und starrte den Reif an. (Hebt den Goldreif auf.) Und als er erkannte, daß ihn sein Weib verlassen — denn ich versteh' es nicht anders —, da fiel er um, wie ein Baumstamm im Hochgebirge umfällt. Einmal stöhnte der Mann auf: „O Allwiß!“ — aus tiefster Brust herauf nur einmal! Dann lag er stumm und ließ mit sich machen — was sie ihm eben taten...

Königin

Was für ein Weib war dies, die bei ihm wohnte?

Bodwild

Das weiß ich nicht. Das muß ich noch erkunden. Ich will dir sagen, Mutter, was ich tue: Ich reite zu Wieland und bring' ihm diesen Ring zurück. Es ist seines Weibes Ring. Der Ring gebührt nicht mir.

Königin

Reite zu Wieland, Bodwild. Bring' ihm ein gut Wort! Auch lüstet mich zu wissen, was für ein Weib das war...

Bodwild

Mich lüstet zu wissen, was für ein Mann das ist. Denn das weiß ich: dies Weib war seiner unwert! Solchen Mann hätte sie nicht verlassen dürfen! Solchen Mann hätt' ich nie verlassen!

Königin

Hochgemute Schlachtjungfrauen — es duldet sie nicht in diesem niedrigen Kampf der Enge, in diesem Kampf zwischen Hausgenossen, Schulter an Schulter, Wand an Wand! O luftig Dasein! Auch ich möchte wohl mit Zauberfittichen über die Hallen und Häuser jagen und kühne Schlachthelden suchen. Aber in den Häusern sind andre Schlachten — auch in der Königshalle. Wir sind auch Walküren, Bodwild.

Bodwild

(stand am Fenster, kommt zurück, unheimlich, halblaut)

Mutter — ich weiß etwas, das ich tun werde, ob du willst oder nicht ... (Furchtbar, leise, mit funkelnden Augen.) Ich nehme des Königs Söhne mit zu Wieland!

Königin

(fährt zurück)

Wozu?! (Sie schauen sich ein Weilchen an. Unheimliche Pause.)

Bodwild

(den Ton verändernd, anscheinend harmlos, die aufrichtig entsetzte Mutter zu beruhigen)

Wozu? Sie sollen ihm Geschenke bringen und Gutes tun ...

Königin

Und das soll der König gestatten?

Bodwild

(achselzuckend)

Braucht es der König zu wissen? Er wird es nicht erfahren.

Königin

Und du glaubst, sie werden dich so leichthin begleiten?

Bodwild

Dafür laß Bodwild sorgen! Es gibt viel zu schauen bei Wieland ...

Nidhod tritt lachend ein.

Nidhod

So ist Egil! Dieser ängstliche Wicht hat mir sieben Eide geschworen, mir zu dienen, solange mir Wieland dient! Seht ihr: noch vor Nacht! So feig sind diese Zwerge!

(Die Königin geht achselzuckend ab.)

Bodwild

Und Wieland?

Nidhod

Da ist Egil. (Egil tritt ein, gebunden, von Bewaffneten begleitet.) Wieland? Den zwing' ich zur Arbeit. Was ist er der Menschheit nütze? Dient er nicht mir und meinem Volk und hämmert uns Werkzeug, Gerät und Waffen: so sterben beide, Egil und Wieland! Egil reitet mit guter Bewachung in den Wald und bringt dem Bruder die unerbittliche Botschaft. Du schätzest ja den „edlen" Schmied, Töchterlein: wohlan, ermuntre den da, daß er seinen lahmen Bruder in meine Fron schwatze! (Zu den Kriegern.) Vor Nacht seid ihr zurück: versagt sich der Waldschmied, so tötet beide! (Zu den eintretenden Knaben, den jüngeren hochhebend:) Kommt, Trost meiner zerrütteten Tage, ich will euch zeigen, was wir in Wielands Zauberhöhle gefunden! Kommt, meine Wichtelmännlein, kommt!

(Ab mit den beiden Knaben.)

Bodwild

(hat den Vorgang beobachtet, nun wendet sie sich zu Egil)

Egil — (zu den Kriegern) tretet vor die Tür, damit ich mit Egil spreche! (Die Krieger gehen zögernd hinaus.) Egil, sage deinem Bruder Wieland, er soll leben. Bodwild will, daß er lebe! Auch du lebe, Egil! (Näher.) Sage deinem Bruder heimlich — heimlich, Egil! — er wird Bodwild in seiner Höhle sehen. Gute Dinge will ich ihm bringen und (leiser, durch die Zähne) — des Königs Söhne . . . Egil, das sage ihm, denn ich will nicht seinen Tod. Erwidert er zu des Königs Bitte: Nein — so sterbt ihr beide, das weißt du.

Egil

(knirschend)

Ich hoffe wohl noch einmal meinen Bogen in die Hand zu bekommen ...

Bodwild

Das hoffe auch ich. Und hoffe, daß du davon guten Gebrauch machst. Doch steht das nun bei Wieland. Sag's ihm! (Klatscht in die Hände. Ruft:) Nehmt Egil und reitet!

(Die Krieger treten ein und gehen mit Egil ab.)

Fünfte Szene

Vor Wielands Höhle

Bei verdunkeltem Zuschauerraum leitet klagende Musik ein, die Wielands Seelenzustand schildert. Dann öffnet sich langsam der Vorhang. Es ist fernes Morgenrot, das noch mit letztem Mondschein kämpft.

Alrune, die Waldfrau, in graue Gewänder gehüllt, einen großen Stecken in der Rechten, kommt langsam und erhaben durch den Wald gegangen. Sie ist gebräunt und uralt, aber mit dunkelflammenden Augen und fester, edler Stimme, gleichsam Schicksal und Norne, Stimme des Urwalds. Sie steht groß und aufrecht in einem letzten blauen Mondstrahl.

Alrune

(steht und ruft laut und feierlich durch die Stille)

Wieland! (Schweigen. Sie geht einen Schritt näher.) Wieland der Gelähmte! (Sie kommt an die Türe.) Wieland, Mann der Schmerzen, tu mir auf!

Wieland

(im Innern, dumpf stöhnend)

Wer ruft Wieland?

Alrune

Wandrer steht vor deiner Tür.*)

Wieland

(drinnen)

Vorbei, Wandrer! Hier ist der Schmerz zu Haus!

Alrune

(lauter, doch immer erhaben, über irdischer Erregbarkeit stehend)

Wandrer steht vor deiner Tür in Gestalt Alrunes, der Waldfrau!

---

*) Wandrer: Beiname Wodan-Odins, des wehenden Atems der Welt. Alrune kann übrigens, mit innerem Recht, von der Darstellerin der Allwiß gespielt werden.

Wieland

(öffnet, wird auf Krücken sichtbar; die Füße hat er dicht mit Linnen umwickelt; seinen Schmerz merkt man an dem stoßweisen Sprechen und den oft zusammengepreßten Lippen)

Weißt du nicht, Wandrer, wie es um Wielands Füße steht?

Alrune

Ich weiß es.

Wieland

Wandrer, du bist zu mir gekommen in Gestalt meines Weibes Allwiß. Du bist zu mir gekommen in Gestalt Nidhods. Du kamst als Wonne zu mir und kamst als Schmerz. Du hast mein Herz entzückt und meine Füße zerschnitten. Geh nun vorüber, Wandrer! Ich habe die Kraft nicht mehr, dich zu beherbergen. (Er lehnt mit geschlossenen Augen an der Wand, stöhnt.) Geh vorüber, Wandrer ... du bist furchtbar ...

Alrune

Dem bin ich furchtbar, der mich nicht kennt. Wieland, du kennst nur mein Gewand. Wandrer kommt im Gewande der Wonne, Wandrer kommt im Gewande der Schmach. Jenseits Schmach und Wonne bin ich selbst ... Dies sprach Wandrer: Odin, der Gewalt'ge, der Atem der Welt! Nun spricht Alrune, die Waldfrau.

Wieland

(öffnet die Augen und richtet sich etwas auf)

Alrune, ich leide! Alrune, ich leide über Menschenkraft! (Stöhnt aus tiefster Brust auf, zwingt aber den Schmerz nieder und spricht fast knirschend:) Sie haben mir die Füße zerschnitten! Sie haben mein Gold geraubt! Meine Wichtel sind fort! Meine Feuer erloschen! Ich lag in meinem Blut — ich sprengte meine Armstricke — schleppte mich an die kühle Esse und wand mir Tücher um die Knöchel! ... Übermenschlich! ... Doch bettl' ich nicht. Kannst du mich heilen, so — (Laut hinausstöhnend) heile mich! (Sinkt ermattet hin.)

Alrune

Es kommt eine Stimme zu mir, wenn ich heilen darf.

Wieland
(mit geschlossenen Augen)

Lausche der Stimme!

Alrune
(traurig und ernst)

Ich habe gelauscht, Wieland . . . Es ist keine Stimme gekommen. Ich darf dich nicht heilen.

Wieland
(stößt einmal mit gepreßten Lippen einen kurzen Laut aus, kreuzt die Arme und liegt mit geschlossenen Augen).
(Pause.)

Alrune
(setzt sich vor ihm auf den Holzblock, mitleidig)

Wieland . . .

Wieland
(durch die Zähne)

Geh! (Da Alrune langsam den Kopf schüttelt.) Ob Wandrer, ob Alrune — fort mit dir!

Alrune
(mild)

Wieland . . .

Wieland

Traue dem Wandrer nicht, Alrune! Lug und Trug! Auch Allwiß! Lug und Trug! Ich habe das Weib geträumt!

Alrune

Träumtest du auch Nidhod?

Wieland

Schau' meine Füße an!

Alrune

Ich sehe dein Herz an und schaue darin Allwiß!

Wieland

(sich aufrichtend, wild)

Haß schaust du darin, Waldweib! Hohn! Gier! Sudelbehausung! Häßlich! Häßlich! Rachegelüst — Meuchelmord — Tücke! O Wieland, du Sonnensohn! O Wieland, du fliegender Wurm! (Lacht auf in Qual und Weh.) Der Füße lach' ich! Aber das Herz — dies häßliche, wüste, unflätige Herz — heile dem Wurm Wieland das Herz! Oder schaffe mir Rache, hündische Rache — und schick' mir einen, der mich totschlage! Denn ich komme nie zu den Göttern! (Sinkt zurück.)

Alrune

Du selbst mußt dein Herz heilen.

Wieland

Ich hatte das Weib lieb. Ich hatte durch jene Walküre alles Geschaffene lieb. Schön war das Geschaffene, Alrune! Ich schuf es nach in Gold, denn ich war Odins lieber Sohn, ein kunstreicher Schmied war ich, wie mein Vater. Die Dinge der Welt kamen zu mir in meine Hütte, ich formte die Dinge in schimmerndem Erz, ich gab den stummen Gästen Namen. (Ballt die Faust, bebt in verhaltenem Schmerz.) Jetzt weiß ich — Trug! Fluchwürdiger Tand! Wer so mir entlaufen — so mich überlassen konnte der Qual, der war nicht gut! Allwiß war nicht gut! Und was ich durch sie geschaffen — Lüge! Hätt' es Nidhod nicht gestohlen — ich schlüg' es in Fetzen — Scherben — Kot! Mich ekelt meiner Kunst!

Alrune

(kopfschüttelnd)

Deine Worte heilen dich nicht, Wieland ...

Wieland

Laß mir meine Worte! Die Götter haben mich zum Kettenhund gemacht — laß mich heulen! Sie sollen mich hören bis in die Winkel Walhallas, diese — diese — „Götter" — —

Alrune
(schärfer)

Will Wieland durch Bellen bekunden, daß er unwert war des Besuchs der Walküre? Daß zu einem Weichling der Schmerz kam? Daß nicht höchste Wonne noch tiefstes Weh den Zwerg umschmieden in einen Helden? — Du tust das nicht, Wieland. Allwiß hast du gefangen mit List — sie entfloh dir mit List. Sie muß in ihr Flammenland zurück, das du zu schauen noch lange nicht reif bist! Laß sie in ihrem Lande! Doch was sie dir schenkte, das schmiede! Schmiede den Schmerz!

Wieland
(auflachend)

Den Schmerz schmieden! O du Weisheit mit deinen unzerschnittenen Füßen!

Alrune

Übermenschliche Gäste sandte dir die Gottheit: danke der Gottheit, denn sie ehrt dich! (Indem sie in die Höhle geht:) Mir aber befahl Odin, dein Schmiedefeuer aufs neue zu entfachen, müder Schmied, denn zu Großem hat dich die Gottheit bestimmt!

(Ein Feuer blitzt in der Schmiede auf.)

Unerforschliche Mächte! Gewalten über Schmerz und Schmach!
Verlaßt nicht Wieland den Waldschmied!

(Sie tritt heraus, steht in der Türe und schaut gen Himmel)

Er ehrte, die ihr ihm sandtet, die Sonnenjungfrau!
Helft ihm, ihr Ew'gen, daß er auch ehre den Schmerz!

Wieland
(lehnt an der Wand, murmelt)

Ihr habt mir so viel geschenkt, große Götter — schenkt mir noch eins: schenkt mir Rache oder Tod!

Alrune
(kommt näher)

Nicht Rache noch Tod schenken dir die Götter! Denn du wirst keine Zeit haben zu beiden: dein Werk wird beides verschlingen!

Wieland

Der Krüppel ein Werk . . .

Alrune

Viele Werke, glückseliger Schmied!

Wieland

Zeig' mir das Werk!

Alrune

Wandrer wird es dir weisen! (Bedeutsam.) In Kindergestalt wird er Einkehr halten zum letztenmal in deiner Hütte . . . Ich aber, ehe ich scheide, will dir sagen, was ich geschaut im Urquell . . .

(In getragenem Ton, gen Himmel schauend.)

Aus den Sonnen flogen in Schwärmen herab die Seelen der Menschen — Jahrtausende her!

Lichtseelen der Menschen tauchten in schwarze Tiefen und legten ein Gewand von Rauch um. Sie gruben die Erde, sie vergaßen das Licht — das Licht, das allein Kraft ist und Leben.

Da sandte Wandrer aus den Sonnen her seine Walküren, daß die Sonnenjungfrauen Helden suchen, daß die Wolkenmädchen mit Helden heimreiten in die Hallen des Lichts.

(Zu Wieland.)

Wieland, du Held, auch dir sandte der Gott die Walküre! Wieland, Auserwählter, Allwiß flog dir voran! Auf, Wieland, fliege ihr nach!

Wieland

(auffahrend, wie in dumpfer Erinnerung)

„Auf, Wieland, fliege mir nach!" . . . Da . . . die Stimme! (Aufwimmernd.) Ich kann doch ja nicht fliegen, Alrune! (Liegt schweratmend, dann müde.) Seht nun den lahmen Schmied . . . Er ist wieder Kind geworden . . . Er kann nicht einmal gehen . . . Er liegt und lauscht dem Lullawiegenlied der Urahne . . . O wie tief zerschmettert!

Alrune

(sich noch einmal zu ihm beugend, die Hand auf seinem Haupt)

In Schwärmen flogen die Seelen herab aus den Sonnen: doch vereinzelt steigen sie lichtwärts, mühsam getragen vom Schmerz — Helden! (Geht einige Schritte, wendet sich, stark:) Sei Held, Wieland! (Ab.)

(Pause.)

Wieland

(liegt mit geschlossenen Augen und gekreuzten Armen, stumm und fest die Zähne zusammenpressend)

Alrune! (Er öffnet die Augen. Da er sich allein sieht, beugt er sich vor und stützt sich auf die Hände.) Alrune! Wenn sie dir die Füße zerschnitten haben wie mir, dann komm wieder und sage mir: Sei Held! (Gen Himmel:) Wandrer, wenn dir ein feiger Räuber, der Nidhod heißt, die Füße zerschnitten hat, du Wandrer, dann krieche vor meine Hütte und sage mir: Sei Held! So aber weiß ich allein, was ich leide. Ich allein! Ihr nicht! (Finster und hart.) Und ich allein muß mir raten ... Ich werde mir eiserne Füße schmieden ... Ich werde stampfen über Hügel und Schlucht und — o du Hund, nach dir will ich gern sterben! (Schüttelt die Faust, kriecht an den Amboß, schiebt einen Stuhl her, setzt sich und hämmert.) Brüllst du, Schmerz? Mein Hammer brüllt lauter! Hohoho! Das heißt den Schmerz schmieden!

Egil (immer die Hände auf den Rücken gebunden) kommt mit seinen Begleitern.

Egil

Wieland!

Wieland

Was soll's?

Egil

Egil ist gekommen.

Wieland

Das wußt' ich, daß der Luchs Egil lebt!

Egil

Wenn du mich nicht tötest.

Wieland
(unwirsch)

Rätsel!

Egil

Ich diene dem König, wenn du ihm dienst.

Wieland
(rutscht näher)

Du willst Nidhods Atem ertragen, du Knecht?! Nidhod, der Slagfid getötet und deinen Bruder geschändet?!

Egil

Ich werde getötet vor Nacht, wenn wir ihm den Dienst versagen. Und du mit mir.

Wieland

Ich mit dir?! Hoho, kommt doch in meine Höhle, ihr da! (Zieht ein Schwert.) Wer von euch Nidhodsknechten versucht mein Zauberschwert?! Das springt nicht in seine Scheide zurück, bis der letzte Mann vertilgt ist! Her mit euch, versucht's! Und wollt ihr am eignen Leibe spüren, ob ich noch Wurfstangen werfen kann?! Zwanzig Speere liegen hier neben mir — und keiner davon fehlt seinen Mann! Sagt dem König, er überfällt Wieland nicht zum zweitenmal! Kettenhund bin ich! Ich wache!

Egil

So muß ich sterben ...

Wieland

Stirb! Doch wenn du stirbst, ehe du Nidhod erschossen, Bogenschütz, so peitschen dich die Schatten der ungesühnt Erschlagenen tausend Jahr' um dies Gebirge — bis an den Tag der Götterdämmerung!

Egil
(kommt näher, raunt heftig)

Narr, dazu muß ich leben! Verstell' dich und diene dem Schuft!
(Tritt wieder zurück.)

Wieland

(nach kleiner Pause, nachdem er grimmig den Verband um die Füße fester gezogen, halb über die Schulter)

Wie kann ein Krüppel dem König dienen?

Egil

Sein Volk wird dir zerbrochene Waffen und schadhaft Gerät vor die Tür schaffen: du schmiedest sie und legst dein fertig Werk wieder vor die Tür. An Speisen soll dir's nicht fehlen. Sehen will dich der König nicht, sehen will er nur dein Werk. — Das sind seine Worte.

Wieland

Erhabener König! Er sieht nicht den Menschen an, er schaut nur auf die Sache — zumal wenn sie von Gold ist! Er wird mir auch noch die Beine abhacken, der Mann der Sachen, da er nur meine Hände braucht! Auch deine Hände braucht er nur, Bogenschütz, nimm dein übrig Fleisch in acht! (Schroff abbrechend.) Sagt dem König, ich gedenke zu leben! (Hämmert.)

Egil

(rasch)

Ihr habt's gehört, er will dem König dienen! (Während sie untereinander lachen und murmeln, kommt er rasch näher und raunt) Bodwild kommt! (Geht wieder.)

Wieland

(auffahrend)

Wer?! (Rutscht in die Tür.) Halt, Egil, hieher! Mannen, laßt mich mit meinem Bruder sprechen! — Wer, Egil?

Egil

(rasch)

Bodwild und die Knaben werden zu dir kommen!

Wieland

Zu mir? Des Königs Kinder?!

Egil

So sagte sie mir.

Wieland

Wozu?

Egil

Sie wird noch Gold vermuten in deinen Löchern. Sieh dich vor! (Zu den Kriegern.) Er zauderte noch, doch ist er nun bereit.

(Ab mit den andern.)

Wieland

(allein, in mächtiger Erregung)

Odin, du hast sie verblendet! Sie kommen in meine Höhle! Die Königsbrut kommt in meine Höhle! Oh! gewaltiger Odin! Wohltat, Wohltat — denn die Wonne der Rache berauscht mich! — — Laß deine Hände nicht schlottern, Wieland! Du brauchst deine Hände, Wieland! Drei Stangen ins Feuer (hantiert wild) drei Eisen glühend! Ich blende die Brut! Nein, nicht blenden will ich sie! Töten will ich das Gezücht! Und will Eide schwören: Ich habe sie nicht berührt! (Hebt die Hand.) „Truhe, tu dich auf der Treue!“ Kommt, Söhnlein Nidhods, hinein! Guckt hinein und sagt mir, was drin ist — beugt euch nur recht hinab, sie ist tief — so! (Rasch, wild.) „Truhe, schließe dich der Tücke!“ (Die Truhe fährt dröhnend zu.) Da! Zwei Rümpfe davor — zwei Schädel darin! Hahaha! So rächt sich der Krüppel! ... (Wirft sich wimmernd auf Gesicht und Arme.) O! Wieland, du Goldschmied! ... O rasende Glut! ... Ich bin krank, ihr seht ja, ich bin krank! ... O Allwiß, du Sonnenweib! Was ist Schlechtes in mir, o was ist Schlechtes in mir! Ich glaubt' es tot — es ist nicht tot, niemals tot! Ich bin kein Held, ich bleibe der Wurm! O Schmerz, furchtbarer als meine zerschnittenen Füße! Oh! ...

Bodwild kommt mit den beiden Knaben. Sie trägt einen Speer und hat einen Helm auf; die Knaben Stecken, Täschchen und kleine Schwerter an der Seite.

Bodwild
(von fern stehend)

Heil, Wieland!

Wieland
(fährt auf, rutscht an den Ambos, setzt sich und hämmert).

Bodwild

Wieland, komm heraus, daß wir mit dir sprechen!

Wieland

Meine Tür ist offen. (Hantiert mit Stangen am Feuer.)

Bodwild

Die Kinder fürchten sich.

Wieland

Kommt ihr vom Hof und kennt nicht das Lied von Wielands Füßen?

Bodwild
(kommt mit den Kindern näher)

Unsere Krieger haben dir Schändliches angetan. Darum bin ich gekommen. Ich sagt' es dem König, daß er Räuber an seinem Hof hat, keine Krieger! Denn ich fürchte den König so wenig, wie ich dich fürchte, Wieland.

Wieland
(knirschend)

Den Krüppel!

Bodwild

Nicht darum. Denn dein Blick hat so trotzige Flammen, daß er wohl Mutigere von deiner Tür scheucht.

Wieland

Ich habe ja nur noch den Blick. Bist du gekommen, mir das zu sagen?

(Die Knaben stöbern, allmählich mutiger, umher.)

Bodwild

Nicht dazu. Tüchtige achten den Tücht'gen, der unverdient leidet. Ich bin ein Weib, Wieland: wär' ich ein Mann, ich hätte dir Ehre in dein Haus getragen, keine Schmach.

Wieland

Nidhods Tochter ist gekommen, den Bettler zu trösten . . .

Bodwild

Trösten? — Aus den Sprüchen Hars lernt' ich den Spruch: „Hohn erwidere mit Hohn! Täuschung mit Trug! Und Gleiches vergilt mit Gleichem!" — Keine Trösterin steht in deiner Tür. Des Mannes Trost ist Rache.

Wieland

Aus den Sprüchen Hars lernt' ich einen andern Spruch: „Nicht traue der Mann des Weibes Rede noch des Weibes Wort! Ihr Herz ward auf rollendem Rade geschaffen!"

Bodwild

Mißtraue mir denn, Wieland! Ehe man zu einer Tür eingeht, sehe man sich nach den Ausgängen um. Doch falls du merkest, daß kein glattzüngig Weib in dein Haus trat, so versage mir nicht deine Schwielenhand! Zwischen uns ist ein Bund: denn mir ist die Welt zerrüttet wie dir — durch denselben Mann! Es kann sein, daß ich des Königs Hof verlasse und hinter Brennesseln und Farnkraut in einer wilden Höhle hause. Dazu will ich deinen Berg besehen.

Wieland

Rasest du, Königskind?! Oder höhnst du erst recht den machtlosen Krüppel?!

Bodwild

Ich höhne dich nicht, Wieland. (Nimmt eine Kienfackel.) Sieh, ich stoße die Fackel in dein Feuer, Hausherr (tut es) — und führe mich selber durch deinen Berg. Es lüstet mich zu wissen, wie so viele Kunst in so schmucklosen Spinnwebklüften hausen mag. Und nun, Wieland ... wirst du mir wohl vertrauen: (bedeutsam, tückisch auf die Knaben zeigend, gedämpft, doch scharf und deutlich) dies da sind die Söhne Nidhods, der dir Schmach angetan ... Laß es nicht an Kurzweil fehlen!

(Geht in den Berg.)

Wieland

Was für ein furchtbar Weib ist diese, die da in meinen Berg geht?! ... Geht kalten Herzens in die Finsternis und läßt mir die zwei Kindlein im Handbereich?! Lacht nicht die junge Brut?! — (Laut, mit grimmiger Schmeichelei winkend.) Söhnlein Nidhods, kommt einmal her! (Zu sich.) Man sagt, daß er nichts liebt als seine zwei Knaben! Ha, dann treff' ich sein Herz! (Laut.) Wollt ihr meine Truhe schauen?

Erster Knabe

Zeig' uns deine Truhe, Wieland, so zeig' ich dir auch etwas.

Wieland
(flüstert, die Rechte hebend)

„Truhe, tu dich auf der Treue!"

(Die Truhe springt auf.)

Zweiter Knabe

Oh! Sie sprang von selber auf! (Eilen hin.)

Wieland
(rutscht in die Tür, in knirschendem Kampf, aufs äußerste erregt)

Schimpflichste Tat, die je ein Mann getan — ich tu' sie jetzt! Und damit — sag' ich mich los von eurer Gemeinschaft — Götter! Ihr habt mir alles genommen! Allwiß genommen — die Füße — ich weiß, schimpflich, schimpflich — aber ich bin ein Wurm — und ich tu' jetzt nach Wurmes Art! (Dreht sich um, hebt die Linke, wild und laut:) „Truhe —"

Erster Knabe

(in der Kiste stehend, hebt eine weiße Feder hoch)

Eine Feder! Wieland, in deiner Truhe fand ich eine Feder!

Zweiter Knabe

Eine Schwanenfeder!

Wieland

(keuchend, auf beide Hände gestützt)

Her die Feder! Hinweg von der Truhe! Der Deckel wird euch zerschmettern! Die Feder! (Er küßt die Feder und liegt stöhnend auf Gesicht und Armen.) Nein, nein, Allwiß! Ich tu' es nicht! Allwiß, ich tu' es nicht, mein Weib! O du Schwanengewand! O ihr schneeweißen Arme meiner Himmelsmaid! O, alle Luft voll Goldhaar! Stimme — du Stimme meines Weibes Allwiß! — — (Heftig.) „Truhe, schließe dich der Tücke! Ewig, Truhe, ewig!"

(Die Truhe klappt zu, die entfernt stehenden Knaben fahren zusammen, lachen dann hellauf und klatschen in die Hände.)

Zweiter Knabe

Die springt von selber zu! (Sie betasten die Truhe.)

Wieland

(vor der Feder liegend)

Gib mir ein Fünkchen Licht, Allwiß, in diese furchtbare Finsternis! Du hast mich so treu beraten — ich hab' dir so treu gehorcht! Nun bin ich in Schmach und Not — und du fliegst mir davon! O Allwiß! Über Menschenkraft ist meine Schmach!

Erster Knabe

(nachdem er sich, verlegen über Wielands Gebaren, mit dem andern besprochen, nestelt an seinem Täschchen)

Wieland, ich habe dir da etwas zurückgebracht, was sie dir genommen haben. Ein goldnes Eichblatt!

(Sie kauern sich bei ihm nieder.)

Wieland
(die Feder anstarrend, nur flüchtig das Eichblatt betrachtend)

Danke, Knabe! Behalt' es!

Erster Knabe
(vor ihm sitzend)

Hast du das geschmiedet, Wieland?

Zweiter Knabe
(zart)

Mann, fallen dir Tropfen aus den Augen?

Wieland

Der Mann ist krank...

Erster Knabe

Die Leute sagen, du kannst alles schmieden.

Zweiter Knabe
(auf die Feder deutend)

Kannst du auch solche Federn schmieden?

Wieland
(zuckt heftig zusammen, läßt die Feder fallen und starrt den Knaben an).

Erster Knabe
(hat sich, ebenso wie der andere, etwas erschrocken hochgerichtet und sucht nun seinen Bruder zu entschuldigen)

Er meint, weil du ein so feines Eichblatt geschmiedet hast, kannst du auch Federn schmieden!

Zweiter Knabe

Freilich kann er auch Flügel schmieden! — Nicht wahr, du kannst Flügel schmieden, Wieland?

Wieland

(zittert heftig, starrt den zweiten Knaben an, wehrt ab und stammelt)

Flügel schmieden?! — Wandrer! Geh aus meiner Hütte fort! Ich bin dein unwert! (In überströmender Erschütterung.) Allwiß! Alrune! Nidhod! Segen, Segen — ich segne euch alle! Ihr alle kommt ja zu mir und bringt mir Segen! Ja, ja, ich schmiede mir Flügel! (Rutscht mit der Feder an den Herd, mit gewaltiger Stimme, jubelnd:) Freilich kann ich Flügel schmieden, Knabe! Ans Werk! Ans Werk! Ich hab' ein Werk! Heraus, was an Erz in meiner Höhle ist und an Kunst in meinem Haupt! „Auf, Wieland, fliege mir nach!" Ich will, Allwiß! Und fall' ich zerschmettert — so fange mich auf, wie du Helden auffängst!

(Er wirft mit Geklirr Eisen in die Glut, hämmert und hantiert.)

Bodwild

(kommt zurück, schaut verwundert auf die heilen Kinder und auf Wieland, taucht die verzischende Fackel in die Esse und wirft sie verächtlich fort)

Du bist doch wohl nicht zu fürchten, Wieland.

Wieland

(immerzu in wildem Arbeitseifer)

Mich fürchten? Seid ihr Gold, daß ich euch in diese Glut werfen kann? (Hämmert immerzu.) Danach, Jungfrau, teil' ich von nun ab die Welt! Seid ihr Gold und Erz — herein in meine Flamme! Seid ihr nur Menschen — hinaus aus meiner Hütte!

Bodwild

(nähertretend, zischend)

Du hattest des Königs zwei Augen im Handbereich — und du rächst dich nicht?!

Wieland

Ich habe keine Zeit!

Bodwild

Sagten mir die Männer nicht, Wieland sitzt racheglühend vor toten Feuern!

Wieland

Die Männer sagten falsch: Wieland sitzt schaffend vor lebendigen Feuern!

Bodwild
(verächtlich)

Da ist deines Weibes Goldring.

Wieland
(wirft ihn in die Glut; die Höhle leuchtet auf von starkem rotem Glanz)

Ins Feuer den Goldring!

Bodwild

Achtest du so dein Weib?

Wieland

Schau' in die Glut: da lodert mein Weib! Lacht dich nicht ihr Goldhaar an? Schau' in die Glut: sprüht nicht ihr leuchtender Fittich?! Schau' genau: da ist ein Speerewerfen und Brünnenglanz! Feuer und Dampf heißt mein wildschön Weib! Ich zwang sie, ich Tor, in diese enge Höhle! Doch sie flog mir davon! Drum weiß ich nun, was meines Amtes ist: ein Werk zu schaffen, damit ich fliegen kann wie sie! Sonnenwärts! Heim nach Walhalla! Und auf Flügeln, die ich mir geschmiedet, ich!

(Er zieht mit Kraft den Blasebalg und stößt in das stark die ganze Höhle durchleuchtende Feuer.)

Bodwild

Zerschmettern wirst du, fiebernder Wieland!

Wieland

Tochter Nidhods, so laß mich zerschmettern! So ist dein Vater um einen Schmied betrogen! So fall' ich im Kampf um Walhalla!

Bodwild

Wilde Kraft ist in dir, rätselhafter Mann. Ich komme wieder in deine Hütte — ohne die Kinder.

(Winkt den Kindern. Ab. Wieland schafft.)

(Die leise Musik setzt ein. — Ein Wichtel kommt vorsichtig, einen Sack auf dem Rücken, winkt; ein zweiter, ein dritter schleicht heran, dann alle. Sie legen ihre Säcke ab und knien demütig an der Tür oder machen bittende Gebärden.)

Wieland

(erblickt sie, freudig)

Wichtel? Meine alten Wichtel, habt ihr den neuen Rauch gemerkt und spürt ihr den neuen Schall meiner Hämmer? Willkommen, Gesellen, meine Freunde, herein! (Sie strömen fröhlich hinein und gehen sofort an rüstige Arbeit. Die ganze Schmiede ist ein einziges, freudig glühendes und tönendes Flammenmeer.) Ans Werk! Ans Werk!

(Vielfältiges Hämmern und Schaffen; die Tür wird von innen geschlossen. Die Musik nimmt die Stimmung auf und leitet dann hinüber zur nächsten Szene.)

Sechste Szene

Nidhods Halle

Bodwild. Egil.

Bodwild

(düster)

Wielands Bruder, ich sehe den Bogen in deiner Hand ...

Egil

Ich habe den Bogen wieder ...

Bodwild

Was streichst du um mich herum? Hast du Botschaft?

Egil

Den Bogen hab' ich ... Doch fehlt mir andres, an das ich gewöhnt bin.

Bodwild

Wald und Wild sind überall.

Egil

Auch ein Weib?

Bodwild

Welcher Gestalt war das Weib, das Wieland in seiner Höhle hatte?

Egil

Sie war nicht anders als das meine.

Bodwild

War sie wie ich?

Egil
(unheimlich, zähnefletschend)

Du bist schöner als alle Walküren.

Bodwild

Mochte sie ihn? War er freundlich zu ihr?

Egil

Weib ist Weib.

Bodwild

Was flackert in deinen Augen, Bogenschütze? Was funkelst du mich an? Soll ich dein Ziel sein?

Egil
(durch die Zähne, innerlich erregt)

Du warst heimlich bei meinem Bruder.

Bodwild

Was soll das?

Egil
(erregter)

Du wirst abermals heimlich zu meinem Bruder schleichen!

Bodwild

Schleichen? Hab' ich über meinen Ritt durch Wald und Heide Rede zu stehen?! Und gar — Mißgeschöpf, dir?

Egil
(mit ausbrechender Gier)

O Bodwild, du bist schöner, als ich je ein Weib sah! Und Wieland ist ein Krüppel!

Bodwild
(schlägt ihn)

Du hündischer Zwerg! Hinaus mit dir! (Egil ab.)

(Die Königin tritt ein)

Königin

Was ist das?

Bodwild

Wenn Nidhod diesen Zwerg nicht beizeiten tötet, so schlag' ich ihn eigenhändig tot! Frag' weiter nicht!... Komm her, Mutter, und fass' meine Hand.

Königin
(faßt sie)

Nun? Bedarf die starke Bodwild der Mutter?

Bodwild
(steht an der Mutter Hand, starrt vor sich hin)

Ich will dir nicht klagen, Mutter. Doch sag' ich, wie es von Brunhild im Liede heißt: „Mein Los war Leid, solang ich gelebt!" (Hart und düster, doch von Ahnungen durchschauert.) Wenn ich vor dir zur Unterwelt gehen sollte, Mutter: räche uns alle an Nidhod!... Ich hatte die Sonne im Haupt und Lachen im Herzen, als ich mit dir an diesen Hof kam. Und ich habe nur Niedriges geschaut und Erbärmliches erfahren. Ich ahne nun, ich werde von so jämmerlicher Sippe fortgehen — denn es kann mißlingen, was ich plane. Aber ich klage nicht. Ich werde in Hels Behausung bessere Menschen finden.
(Starrt düster brütend vor sich hin.)

Königin

Bodwild! Sage deiner Mutter, was du sinnst! Und ich helfe dir — oder ich bringe dich davon ab. (Da Bodwild in dumpfem Brüten verharrt, faßt sie ihre Schulter.) Erwache, Bodwild!
(Egils Kopf taucht am Fenster auf.)

Bodwild

Ich bin wach, Mutter. (Nach kurzem Zögern, fest:) Mutter — ich muß dir etwas sagen.

Königin

Sage mir's, Bodwild.

Bodwild

Was ich dir sagen werde, ist wider Natur und Vernunft. Das weiß ich. Aber darum ertrotzt es Bodwild ... Mutter: ich habe den Mann gefunden, von dem ich Söhne will!

Königin

Ahnt' ich doch, daß du nicht umsonst unstet durch die Kammern läufst. — Wer ist der Mann?

Bodwild
(durch die Zähne)

Wieland.

Königin
(fährt zurück und atmet tief; nach kurzer Pause)

Kind ... Es gibt wohl eine bessere Rache an Nidhod.

Bodwild

So hoch schätz' ich den König der Njaren nicht.

Königin

Dann, Mädchen, ist deine Rede mir fremd. Dem König zum Hohn den niedrigen, gehaßten, geschändeten Waldschmied zu Königs Eidam machen — ha, da erkenn' ich Bodwild. Es ist Raserei und Selbstmord — aber Bodwild! Versteh mich wohl: solang es Gedanke bleibt! Aber vom Gedanken zur Tat — nein, Tochter. Du bist hart wie Stein, aber auch stolz. Selbst zu würdiger Rache bist du zu stolz. Deine Rede, daß ich uns alle an meinem Gatten rächen solle, war Rede, nicht mehr. Vom Gemeinen trennt man sich, aber rächt sich nicht. Ist es nicht mehr zu ertragen hier in diesem Hause, so fahren wir über den See zurück zu meinen Brüdern.

Bodwild

Zu spät, meine Mutter. Das hättest du vor Jahren bedenken sollen, statt so schmachvolle Luft zu atmen. Daß du hier geblieben, gedeiht uns nun allen zum Unheil. Und darum sagt' ich: Du hast die Pflicht, uns zu rächen!... Jetzt sitzt das in uns. Ich wittre Tod und Fäulnis um uns her, Mutter. Doch jener Wieland hat das Leben!... Ich gehe darum fort vom Hof — ich will mich wärmen an Schmiedefeuern — ich gehe in den Wald zu Wieland.

Königin

Zu dem Krüppel?! (Egil verschwindet.) In eine Höhle?! — Bodwild, dein Gesicht ist unheimlich!

Bodwild

(packt ihren Kopf und küßt sie, aber immer fest und herb)

Leb' wohl, Mutter! Es ist eine wilde Tat, doch sei's drum. Meine Söhne sollen auf Nidhods Thron sitzen! Oder — ich falle durch einen raschen Stahl!

Königin

(mit bebender Stimme)

Bodwild! Wenn die einzige mich verläßt, die ich liebe — —

Bodwild

Verrate mich nicht! Ich höre den König! (Ab mit der Königin.)

Nidhod tritt von der anderen Seite ein mit Egil.

Nidhod

Ich suche dich, Egil.

Egil

Hier stehe ich, König.

Nidhod

Weißt du darum, daß meine Söhne bei Wieland waren?

Egil

Ich weiß darum.

Nidhod

Es sind da Falschheiten unter meinem Volk. Du hast ein listig Auge. Ich rat' euch, laßt mir die Finger von meinen Kindern!

Egil

Deine Söhne möchten noch angehen ... aber ...

Nidhod

Nun? — Ich habe deinem Bruder zerbrochene Waffen gesandt und Gerät. Meine Leute haben es nachts vor seine Tür gelegt. Es ist seitdem in die Höhle gelaufen. Aber das fertige Geschmeide läuft nicht wieder zurück. Was ist da für Tücke um Wielands Werkstatt?

Egil

Wieland hat wohl bessere Dinge zu tun.

Nidhod

Als mir zu dienen?! Hat mir der Schmied Schelmerei gelobt oder Gehorsam? Vergißt er, daß sein und dein Leben in meiner Hand steht?!

Egil

(verschmitzt)

Holdere Dinge hat er zu tun ...

Nidhod

Holdere Dinge?! Was treibt der Krüppel in seinem Schmiedeloch? — Die Leute hören ein Hämmern. Nun?

Egil

Wielands Natur hängt am Weib. Allwiß hat ihn verwöhnt.

Nidhod

Die entflog ihm.

Egil

Es gibt andre.

Nidhod

In Wielands Moderhöhle?!

Egil

Er rächt sich nicht selber — so rächt ihn vielleicht sein Sohn. An dir oder an deinen Kindern. Er schickt dir den Sohn ins Haus ...

Nidhod

Egil, du bist mir nicht unlieb. Dein geschmeidig Wesen behagt mir. Doch laß dir sagen: kennst du hier irgend eine am Hofe, die's mit diesem tödlichsten Feinde Nidhods treibt, mit dieser halbzertretenen Blindschleiche — Egil, so halte deinen Bogen bereit!

Egil

(den Bogen prüfend, immer tückisch und mit gesenktem Kopf)

Ich halt' ihn bereit.

Nidhod

Weißt du den Namen?

Egil

(nach kurzer Pause, ihn fest anschauend)

Deine Tochter Bodwild.

Nidhod

(zurückfahrend, packt ihn am Hals; dann, da Egil ihn blitzend, aber stumm anschaut, zischt er)

Das Wort bringt Tod! Wenn du gelogen, für dich! Wenn du wahr gesagt, für jene zwei! (Klatscht in die Hände. Krieger treten ein.) Laßt mir Egil nicht aus den Augen! Einer rufe mir Bodwild! (Ein Krieger ab.) Merkt auf seinen Bogen! Steckt ihm zwei Pfeile in den Köcher, mehr nicht!

Egil

(gleichmütig)

Nehmt den Bogen! Bindet mir die Hände, da der König mich untreu nennt. Hat einer einen Strick?

Nidhod

Laßt! Es wird wohl so sein, daß ich deinen Bogen für jene beiden brauche ... (Zur eintretenden Königin:) Wo ist Bodwild?

Königin

Bin ich Bodwilds Pflegerin?

Nidhod

(den Boden stampfend)

Wo ist Bodwild?

Königin

(schaut sich ernst im Kreise um, dann)

Bodwild ritt in den Wald.

Egil

(geduckt, spottlächelnd)

König Nidhod, wollen auch wir zu Walde reiten?

Nidhod

(ballt die Fäuste, stößt einen Ton aus und eilt ab mit Egil und den Kriegern).

Königin

(zu einem der letzten, kalt)

Du dort! Laß mein Pferd satteln! Ich reite mit.

(Nimmt von der Wand eine kleine Streitaxt und steckt sie in den Gürtel. Ab.)

Siebente Szene

Vor Wielands Höhle

Die leise Musik hinter der Szene nimmt die Stimmung vom Schluß der fünften Szene wieder auf, steigert sie zu freudiger Kraft — und auf ihrem Höhepunkt setzt ein der

Chor der Wichtel

(Knabenstimmen mit einer tiefen Männerstimme)

Fertig die fliegende Flamme!
Fertig das Flügelgewand!

(Knabenstimmen allein)

Wir haben geschaffen,
Wir haben gehämmert!
Wir haben geschmiedet
Den heiligen Schmerz!

(Mit Männerstimme)

Fertig die fliegende Flamme!
Fertig das Flügelgewand!

Bodwild ist aufgetreten.

Bodwild

(zurücklauschend, dann mit dem Speerschaft an die geschlossene Tür stoßend)

Heraus, Wieland! (Pocht noch einmal.) Waldschmied, heraus!

Wieland

(läßt durch Wichtel die Obertür öffnen; man sieht ihn sitzen, Helm auf dem Haupte, ruhig)

Pochst du zum letztenmal, Wandrer Odin? — Ich bin bereit.

Bodwild

Nicht Wandrer ist hier! Bodwild steht vor deiner Tür!

Wieland

Was will Nidhods Tochter?

Bodwild

Mein Roß steht hinter deinem Felsen, die Satteltaschen voll Gold! Ein zweites Roß trieb ich von der Koppel ab — für dich, Wieland! Auf, Wieland, reite mit mir in die Wildnis!

Wieland

Mit Nidhods Tochter Pferd an Pferd?! — Du bist freilich nicht Odin, der weise Wandrer. Das erkenn' ich nun.

Bodwild

(stampfend)

Keine Worte, Wieland! Tod ist hinter uns! Ich will rasche Tat!

Wieland

Dort liegt meine Tat auf dem Ambos.

Bodwild

Künstlertand! Ich will eine Königstat!

Wieland

Ob Königstat oder nicht — sähst du in mein Herz, du würdest sagen: schwere Tat!

Bodwild

(näher, aber ohne einzutreten, in wachsender Leidenschaft)

Verstehe mich doch, Wieland, es gilt um Tod oder Leben! Diesem Reiche fehlt der Mann! Dich such' ich, König Wieland! Du sollst uns die Königstat ins Land bringen! Du bist nicht nur der kunstreiche Schmied, du bist kühn, du bist klug! Wir beide reiten ins unwegsame Gebirg! Alle Trotzige sammeln sich um uns! Wir brechen vor zu rechter Stunde, wir stoßen den Schatten Nidhod ins Schattenland! Und auf Nidhods Thron sitzt —

Wieland
(ruhig und fest)

Ein Krüppel!

Bodwild

Ein König!

Wieland
(mit fester Stimme)

Du stehst an falscher Tür, verflogene Königsmaid!

Bodwild

Nicht an falscher — sage das nicht! Denn ich habe keinen, keinen — wenn ich nicht dich habe! Hilf uns, Schmied!

Wieland

Wär' ich, der ich war, ehe die Walküre in mein Haus kam — dich, ruchlos Weib, hätt' ich nicht geachtet wie Allwiß: ich hätte dich in meine Höhle geschleppt und wäre wohl trübere Flamme geworden als zuvor. Nun aber ging jene Walküre durch meinen schwarzen Wald. Und an allen Dingen blieb ein Glänzen hangen. Nun seh' ich alle Welt feiner und sehe alles Schicksal tiefer. Wollt Ihr weisen Rat von mir haben? Wollt Ihr Kunst? Wohlan, tretet in meine Werkstatt! Ich geb' Euch beides. Doch den Königsthron — gebt einem andren!

Bodwild
(halb zornig, halb verwundert)

Du verwandelter Träumer, bist du noch Wieland?

Wieland

Träumer? Ja, doch nehmen meine Träume Gestalt an und wandeln unter die Menschen. Und jener Wieland, der hier klein war in Schmerz und Rache — der hier im Fieber lag und gen Himmel heulte — — nein, Königskind, der bin ich nicht mehr.

Bodwild

So aber wie damals — so will ich dich wieder sehen!

Wieland

So wirst du mich nie mehr sehen.

Bodwild

Rühmst du dich denn deiner Ruhe, tatloser Träumer, so schaffe mir Rat! Ich will nicht sterben, bevor der feige Nidhod im Boden fault! Was soll man tun, Wieland?

Wieland

Reite am See entlang zu deiner Mutter Brüdern! Mit jenen berate wider den Volksverderber Nidhod, nicht mit mir. Doch reite schnell, spät handelnde Königstochter! Denn ich höre den Boden zittern ...

Bodwild

Und du, Wieland?

Wieland

Ich bin waffenlos. Meine Waffen sind eingeschmiedet in mein Werk. Ich habe nur Hammer und Flügel. Aber meine Höhle hat einen Ausgang auf den Felsen. Von dort fliege ich — oder ich falle zu Tod'!

Bodwild

Mein Abschied sei: Falle zu Tod'! Denn diese Welt voll Blut und Brand braucht dich nicht! (Geht.) Heraus, Roß, ich reit' allein! (Ab.)

(Die Abendröte bricht herein.)

Wieland

Ob die Welt mich brauche, das weiß der Waltende, der sie geschaffen ... Schließt, Wichtel! Ihr Kampf ist ein Zanken — unser Kampf ist ein Suchen Walhallas! Führt mich auf den Fels! (Sie schließen. Man hört hinter der Szene Wielands Stimme.) Habt Dank! ... Alrune wird euch lohnen ... Zum letztenmal — helft dem Gelähmten — noch eine Stufe — — (Erscheint oben auf dem Felsen, auf Krücken gehend, vom Gewimmel der Wichtel gestützt. Setzt sich, die Arme ins Abendrot ausbreitend.) O Land voll Licht! O Allwiß, mein Weib! Über die Welt hin lacht dein Sonnenhaar! (Schaut hinunter.) Wielands Hütte, o dumpfe Behausung der Schmerzen, dich leg' ich dankbar ab, wie man ein Kleid abtut! (Zu den Wichteln.) Legt mir ihn um, den Fittich aus Gold und Stahl und Schwanenflaum! . . . Da du nicht kommst, Allwiß, siehe, so komm' ich zu dir!

(Die Wichtel legen ihm während des Folgenden die Flügel um.)

Bodwild

(kehrt unten zurück, erregt ausspähend)

Der Weg besetzt! Zu spät! . . . (Lacht hohnvoll auf.) Mein Leben lang zu spät! Wilde Worte geschleudert mein Leben lang! Und nun ich zur Tat reite — zu spät! (Wirft Helm und Speer zu Boden.) Sei's! Macht Ende, Götter!

Nidhod, Egil, Königin und Krieger treten auf.

Nidhod

(im Auftreten)

Dort steht die Buhlin Wielands!

Bodwild

(reißt den Speer empor)

Wie nennst du mich?! Einer von euch meldet mich in der Unterwelt an! Da! (Wirft in die Seitenkulisse.) Ich hätte mich zu Tode gelacht, wär' es der König gewesen! Schade! Es ist nur ein Knecht!

(Stellt sich an die Wand, Hände auf dem Rücken.)

Nidhod

Fackeln in das Gebälk! Räuchert den Fuchs heraus! (Sie schlagen die Hälfte der Obertür ein und schleudern Fackeln.) Egil, den Bogen! Du dort am Hause, sage mir: Ist's wahr, was mir Egil gezischt?

Bodwild

Daß ich den brünstigen Egil mit Fäusten geprügelt? Ja, das ist wahr! Das tat ich!

Nidhod

Daß Wieland dein Buhle! Daß du die Kinder in seine Höhle geschleppt! Daß ihr Verrat spinnt!

Bodwild
(lauter)

Ja, Nidhod! Ja! Ja! Es ist wahr!

Nidhod

Egil, triff! (Egil schießt, Bodwild greift ans Herz, sinkt auf den Block.)

Königin

Zwerg! (Eilt zu Bodwild.)

Nidhod

Erdrosselt den Zwerg, der Königsblut vergießt!

Egil
(gepackt)

Ich tat nach deinem Befehl!

Nidhod

Schlachtet den Schützen auf Bodwilds Grab! Und fangt mir Wieland! Den ganzen Berg voll Gold dem, der mir Wieland lebendig herausschafft!
(Sie dringen mit Getöse und sich selbst ermunterndem Gebrüll in das rauchende Haus. Das Abendrot ist in Dämmerung übergegangen.)

Wieland
(erhebt sich majestätisch im Dämmerlicht mit sehr breiten goldenen Flügeln oben auf dem Felsen)

Hier ist Wieland! Willst du mich fangen, so fliege mir nach!
(Verschwindet mit ruhig ausgebreiteten Flügeln seitwärts in die Kulisse [ohne Flugapparat].)

Nidhod

Dort ist Wieland! Rasch um den Felsen! Werft Speere! Werft!

Die Mannen
(stürzen aus der Höhle, andere eilen um den Felsen herum und rufen erst einzeln, dann gruppenweise)

Er fliegt! Wieland fliegt über den See! (Dann stürmisch alle in einem einzigen mächtigen Ton.) Wieland fliegt!

Egil

Schenke mir das Leben, König — ich schieß' ihn herunter!

Nidhod

Egils Bogen! Gebt Egil den zweiten Pfeil! (Zerschneidet ihm rasch den Strick; Egil spannt den Bogen.) Egil, triff!

Bodwild

(rafft sich auf, packt Egil und reißt ihn wild gegen den König herum)

Egil, triff!

(Egil erschießt den König; Bodwild lacht schallend auf, bricht jäh ab und liegt tot.)

Königin

(reißt die Streitaxt heraus)

Egil

(will entspringen)

Mich schlachtet ihr nicht! Ich spring' in den See!

Königin

Du nicht!

(Erschlägt Egil, der noch hinter die Bühne taumelt, mit raschem, kurzem Schlag, ohne viel Bewegung.)

(Pause. Große Erregung unter den Kriegern, die sich teils um den König, teils um Bodwild bemühen.)

Königin

(steht zwischen Bodwild und König, bald die Tochter, bald den Gatten betrachtend, groß)

Mannen! (Die Krieger merken auf.) Nach eures Landes Brauch bin ich nun Königin, bis dieses Toten Söhne erwachsen sind. Ich sage euch, Krieger Nidhods, diese Streitaxt wird nie aus meinem Gürtel kommen. Ich treffe unbarmherzig, wie ich Egil getroffen. Tücke findet fortan kein Gehör; Gold ist mir wertlos, wenn es nicht uns allen dient. Ich habe Hartes erfahren, wie diese, die hier liegt. Nun will ich eins: dieses Mannes Söhne zu guten Königen schmieden — wie der entflogene Meister sein Gold geschmiedet... Tragt diese zu ihren Rossen! (Die Toten werden weggetragen, alle folgen außer der Königin.) Odin, du hast mir die Tochter meines Blutes genommen. Sie war von stolzer Art und hätte Beßres verdient. Doch gabst du mir dafür diesen Königsreif. Ich will ihn ehren, Odin! Und es soll wohl lange dauern, bis du in meinen Augen eine Träne und in meinem Herzen eine Tücke findest. (Ab.)

Die Musik setzt leise bei diesen Worten ein und nimmt die Stimmung auf. An der Stelle, wo Wieland entflogen, steigt eine Flamme in die Dämmerung empor. Alrune erscheint am gegenüberliegenden Waldrand.

Alrune

(feierlich und groß)

Fliege, heilige Flamme! Suche die Gottheit! . . . Wielands gute Gesellen, heraus!

Die Wichtel tauchen nach und nach aus der rauchenden Höhle auf, pustend, ihre Freude an Licht und Luft durch Gebärden ausdrückend, und sammeln sich um Alrune.

Alrune

Kommt zu Alrune, Wichtel! Die Waldfrau nimmt euch in Dienst!

Die Wichtel ziehen in ihren grauen Gewändern mit Alrune singend durch den dunkelnden Wald davon. Der Gesang, nebst Musik, auch von anderen unsichtbaren Stimmen aufgenommen, schwillt an und füllt siegreich alle Felsen, Wälder und Lüfte.

Wichtelchor

Wir haben geschaffen,
Wir haben gehämmert!
Wir haben geschmiedet
Den heiligen Schmerz!

Ende

Stimmen der Presse über Lienhards „Wieland der Schmied"

„Ich kann wohl sagen, daß dieses Drama mich hingerissen hat wie selten eins."
(Theater-Kurier)

„Im Rahmen des Landschaftstheaters stieg ‚Wieland der Schmied' ins Gewaltige."
(Tägliche Rundschau)

„In unsrer nüchternen Zeit darf die Uraufführung des Lienhardschen Werkes als eine wahrhaft befreiende Tat angesprochen werden." **(Hamburger Korrespondent)**

„Am 20. Juli (1905) fand im Harzer Bergtheater die Uraufführung der dramatischen Dichtung ‚Wieland der Schmied' statt, die sich zu einem großen literarischen Ereignis gestaltete . . . Bühne und Landschaft wirkten ganz wundervoll zusammen. Es ist klar, daß dies den tiefen, nachhaltigen Eindruck, den das Werk ausübte, steigern half."
(Freiburger Zeitung)

„Kaum habe ich jemals — und ich habe viele Theater und vieler Theater Publikum gesehen — ein so gespannt mitlebendes Publikum gesehen. Mir selbst geschah es, daß ich das Spiel vergaß und fast versucht war, zu glauben, es wäre bitterer Ernst."
(Quedlinburger Zeitung)

„Stimmungsvolleres, Ergreifenderes läßt sich nicht denken. Ist auch nicht zu schildern; es muß eben erlebt werden."
(Deutsche Tageszeitung)

„Hat Lienhard so bewiesen, daß er weiß, was uns künstlerisch und ethisch not tut, so hat er auch durch die knappe Fassung der szenischen Vorgänge, durch die mit verschwindenden Ausnahmen wortkarge und doch anschauliche, energisch rhythmisierte Prosa seine Befähigung zum Dramatiker bekundet." **(Die Post)**

„Vor mir liegt Lienhards ‚Wieland der Schmied', der im Harzer Bergtheater enthusiastische Aufnahme gefunden hat. Der dramatische Zug einer tiefsinnigen Eddasage ist hier mit genialer Feinfühligkeit erfaßt . . . Und alles ist so gewendet, daß es uns modernen Menschen, uns Deutschen von heute in die Seele spricht." **(Der Mensch)**

„Wahrlich, bis ins Mark erschüttert kehren wir heim, und der Nachklang des Erlebten bewegt noch lange unsre zitternde Seele. Wer nur einiges Interesse an Kunst hat und es ist ihm Gelegenheit gegeben, den ‚Wieland' zu sehen, der tut sich selbst ein Unrecht, wenn er dies versäumt." **(Harzer Kurier)**

„Lienhard hat, entgegen dem Mythus, die Rache Wielands ausgeschaltet und an Stelle der Rache die Läuterung gesetzt. Durch diese Abweichung hat die poetische Schönheit des Ganzen gewonnen. Die Sprache in Lienhards Werken ist bekanntlich mustergültig, im vorliegenden Falle aber noch von besonderer Schönheit, dabei von energischem Rhythmus."
(Berliner Tageblatt)

„Wie ein Lienhardsches Drama auf ein breiteres Publikum wirken kann, zeigen die Aufführungen von ‚Wieland der Schmied' im Harzer Bergtheater Dr. Wachlers. Hier ist der symbolische Inhalt einer alten Volkssage restlos und wahr ausgedrückt, und zwar in einer Handlung, deren Knappheit und Kürze von höchster Vollendung ist."
(Die Hilfe)

„In dieser Dichtung blitzt eine längst vergessene goldene Spange über uns auf, in diesen Worten tönen Klänge an unser Ohr, die man als eine Ouvertüre zu vielen und den besten Bestrebungen unsrer Gegenwart ansprechen darf. Wie es der Schmerz ist, der die Erdenschwere der Seele überwindet, das singt hier einer, der viel davon weiß, allen denen, die etwas davon wissen . . . Hier haben wir ein Drama, das von althergebrachter Mache ebensoweit entfernt ist wie von der trübsinnigen Langeweile unserer naturalistischen Neutöner, eine Dichtung, die hohen festlichen Charakter trägt und mit der als passendstem Prolog selbst ein Theater, das nachher nur Klassiker spielte, seine Pforten öffnen dürfte . . . Wenn Lienhard im Gegensatz zu seiner Quelle Wieland keine Rache nehmen läßt, so ist das nicht als Verstoß gegen den urweltlichen Charakter des Motivs (was geht uns der an!), sondern als das gute Recht des Dichters und noch mehr als seine Weisheit zu betrachten: gerade aus dieser Wendung strahlt uns die Sonne einer neuen Zeit, unserer Zeit, entgegen. Sie liegt mit warmem Goldglanz über diesem Werk, das uns die reinigende Kraft des Ideals (Allwiß!) und das irdische Los dessen, der sich zu seinem Gefäß und Werkzeug macht (Wieland!), in einer Reihe wahrhaft poetischer, dramatisch belebter und bis in ihr feinstes Geäder symbolisierter Szenen vor Augen führt." **(Die Propyläen)**

www.ingramcontent.com/pod-product-compliance
Lightning Source LLC
Chambersburg PA
CBHW060801310726
48980CB00002B/188

* 9 7 8 3 8 4 6 0 9 8 8 0 6 *